主编 凌翔

当代作家精品·小说卷

大红请柬

陈志宏 著

天津出版传媒集团

天津人民出版社

图书在版编目 (CIP) 数据

大红请柬 / 陈志宏著 . -- 天津：天津人民出版社，
2022.1

（当代作家精品 / 凌翔主编 . 小说卷）

ISBN 978-7-201-17892-9

Ⅰ.①大… Ⅱ.①陈… Ⅲ.①中篇小说—小说集—中
国—当代②短篇小说—小说集—中国—当代 Ⅳ.
① I247.7

中国版本图书馆 CIP 数据核字（2021）第 248069 号

大红请柬
DAHONG QINGJIAN

出　　版	天津人民出版社	
出 版 人	刘　庆	
地　　址	天津市和平区西康路 35 号康岳大厦	
邮政编码	300051	
邮购电话	（022）23332469	
电子信箱	reader@tjrmcbs.com	

责任编辑	岳　勇	
封面设计	陈　姝	
主编邮箱	jfjb-lx2007@163.com	

印　　刷	三河市金元印装有限公司	
经　　销	新华书店	
开　　本	710 毫米 × 1000 毫米　1/16	
印　　张	14	
字　　数	200 千字	
版次印次	2022 年 1 月第 1 版　2022 年 1 月第 1 次印刷	
定　　价	49.00 元	

目录

砸碎了一地的心

2000 年 9 月，我下岗了，万般无奈，走上了自由撰稿的艰难之路。

生活发生了翻天覆地的变化，写作困难，稿费越来越少，入不敷出，绝望之际，我收到一封信，是春丽写来。

信中说，这封信是在暮春时分写好的，而我收到它的时候，已是初秋，风吹在脸上，有股爽心的惬意。

类似的读者来信我收过许多封，此时，我的心早已疲惫不堪，远没有当初回复读者来信时的那份欣喜与激动，倒是觉得十分厌烦。毕竟生活都成问题了。

在收到春丽的信之前，因为失业，我早已心灰意冷，只能发疯似的写文章，度过一个炎热而寂寞的夏天。

这个夏天，我的胡子疯长了起来，那模样只有一个词能形容：落魄。

春丽家住黑龙江省齐齐哈尔市，是一位纺织工人的后代。她在哈尔滨学院念中文，是诗歌的狂热追逐者。

她说，她写的诗歌如果全部留下来，可以从她那儿连到我这儿（这说法已够诗意的了）。我相信这点，读她的信，周身盈香，诗意盎然。这年月，恐怕只有诗人才会如此激情澎湃，为遥不可及的爱情作朝圣般的供奉。

我们在纸上相恋了。

我的初恋由此拉开了序幕，那感觉简直就是妙不可言。

转眼进入冬季，光那些干瘦文字不足以慰藉我那焦渴的心，于是，下狠心拨通了春丽的电话，打造一个立体的认识空间。

听到一个阴柔的女孩的声音，语气婉转，底气十足，起伏有序，瞬间为之沉迷，为一个女孩的声音。

那一刻，我的心臣服于她，爱到了死心塌地的地步了。

我问春丽："你那零下 20 多摄氏度，冷不冷？"

春丽说："习惯了，也就没事。"

我说："别没事，小心冻着。"

春丽说："谢谢你的关心。"

我说："不用谢，因为我爱你。爱一个人而去关心她，是最平常、最不足称道的。"

春丽愣了一会儿，电话短暂无声，我仿佛等了千年。

她突然对我说："我也喜欢你！"

没来由地，我怕春丽冻着，要是感冒了怎么办？那种抓心的感觉催生了一个强烈愿望——我要娶她，娶那个远在齐齐哈尔的春丽姑娘为妻，一生一世，一双人，一起走。

可我拿什么去娶呢？

我不知道，也懒得去管。人一旦爱起来，就失去理智，变得十分霸道，特别固执。我的心渐渐有了热度，对生活对也充满了自信，一扫多日来那灰且冷的心情。

托一位铁哥们帮我去媒体找一份记者之类的事，好让春丽到南昌来后有事情可做，无衣食之虞。

朋友可不是吃干饭的，简直是老将出马一个顶俩。

没过多久，他告诉我："哥们儿，搞定了，暂定在《致富快报》，不好再换吧！"

我把这档事对春丽一五一十地说了，她在电话里直乐。

她说："敢情咱俩就铁板钉钉似的，其实，至少要过完年后，我才能给你明确的答复，也容我和家里商量一声吧？"

我说："我会认真地等过这个冬季。我现在倒是挺担心你来南昌适应不了这儿的饮食。南昌人喜欢吃辣，你呢？"

春丽说："辣的也吃。"

她这话在我听来是这个意思——我爱你，再辣也不怕。

是不是就这么定了？我在心里一遍一遍地问自己，问久了，信心不请自来。对这场恋情，我信心百倍。

直到有一天，我打电话到春丽的寝室，被一个来自呼兰的名叫肖敏的姑娘质问得片甲不留，不得不静下心来，认真思考我和春丽的终身大事面临的巨大难题。

肖敏问："你真的爱春丽吗？你知道春丽真的爱你吗？你不觉得你们的爱情像你文章一样太缥缈了吗？"

每一个问句都像一把发着寒光的利刃，深深地刺向我心深处，让我痛苦不堪。

为此，我思考了整整一天，第二天午后，冬日暖阳懒洋洋地照耀时，转而想起春丽的好，爱情的妙，才终止了思考。我向浪漫投了降，决心把这场恋情进行到底，毫不含糊。我发誓不理会那可恶的肖敏，尽管我曾一度迷恋过呼兰县的萧红和她的《生死场》。

春节，我回到东乡县的老家，把我和春丽的故事对亲戚朋友说了一遍，舆论一边倒，大家都赞同我把这场恋情坚持下去。

我的姐姐远嫁福建三明，姨娘在湖南株洲落户，我的很多女同学都在广州安家。亲朋好友有理由叫我娶一个远方的姑娘回来，以平衡江西的人口。

有了众人的支持，我更加坚定了追求远方爱情的信心。

春丽在放寒假后给我写来一封信，句句孕思，字字藏爱。

信的后面附了一首小诗《比南方更南》。

这一个冬季／燃尽我的思绪／还是不明了／是心走错了方向／还是爱划出痕迹／如果爱情可以忘记／就让我立即死去／再生一个南国的女儿／长在你必经的那里／这一个冬季／我始终无法忘记／比南方更南／是我对爱人的记忆。

读着、读着，眼睛湿润了，是被爱情打湿的。

我庆幸，我没有顺着肖敏的思路想下去、走下去，否则，将会失去一段美丽的情缘，永生不得弥补。

我又一次启用新IP卡，拨通了齐齐哈尔的电话，细细倾诉严冬里思念一个人的苦滋味。春丽附和着、笑着，像在演一出天衣无缝的双簧戏。直到一张卡快打光了，我还意犹未尽，电话那一头的春丽也是遗憾声声。

当我挂断电话，把废IP卡扔掉的时候，清晰地记得这是第9张废卡。

也许，等我再扔掉9张电话IP卡的时候，春丽就毕业了，她就会来南昌，与我团聚，牵手共度一生。

转眼到了3月，俄罗斯和平号空间站将要坠毁的消息，通过世界各地的媒体使得"地球人都知道"。

猜疑四起，各国都要求俄当局谨慎行事，确保万无一失。

有一种说法，引起了我的特别关注，说是，和平号残骸将通过俄东部、蒙古国和我国黑龙江省，再经朝鲜、日本、坠入太平洋，其中，有十万分之一的坠地可能。

我的心悬了！

要是恰好这"十万分之一"落到春丽头上怎么办？

古有杞人忧天，今有我在南昌焦急地忧天。

爱情就有这般魅力，上下五千年，上至太空，下至五洋都能扯到里边来。我始信，有爱的人更聪明。因为这场初恋，我不但聪明了，而且更敏感，敏感得有点不可思议。

当夜，急急地给春丽写了一封信，告诉她若是看见天空上有黑点，那肯定是和平号残骸，要及时躲避，并告诉她急救 ABC。信寄出去后，我为自己借天机展露爱情而感到洋洋得意。

拉上和平号坠毁一事作自己远方爱情的注脚，天下独我一人。

估摸着春丽回信快到的时候，我静静地注视着浩渺的天空，祈祷俄罗斯人造的碎片别砸伤我的爱人。

来鸿迟迟，天阴阴。

我拆信一看，震惊了，紧接着，手心冰凉，全身凉透。

我没料到，爱到不爱竟会发生得这么快。

春丽说，我在齐齐哈尔飞机公司一所附属学校谋到一份事，她很喜欢这个职业，来南昌恐怕只好无限期地搁置。让我代她向我的朋友和《致富快报》老总表示感谢！

她没有对我忧天一事言谢，那纯属我自作多情，多情总被无情恼。

是的，和平号残片没有落在黑龙江省一个叫春丽的姑娘头上，而是片片砸在我的心上，砸碎了一地的心。我用了很长的时间把地上的碎片拾起来，却无论如何也拼不成一张完整的心图。

我的初恋随着我的心一起碎了，我的爱情残片和心的碎片与和平号残骸一道在斐济附近的太平洋坠落，永远埋在深深的海底。

（2001 年）

坠落
——一个中年男人的抑郁独白

1

　　一家三口去电影院看《战狼 2》，最开心的当属女儿，活蹦乱跳，欢呼雀跃，似乎要向全世界所有人宣告她内心的喜悦和喷涌的幸福。

　　是的，我们太久没这样三人同行，其乐融融，看一场电影，或者一起出游了。

　　夫妇失和，再怎么弥补，裂缝还在，曾经的亲密被生疏取代，爱情蜕变成了亲情，而亲情似乎又缺点什么，就像是掺水的白酒，变了味。

　　什么时候夫妇能回归亲密，什么时候一家三口能一起出游，感受世界之大呢？这是一个结，死结，也许这辈子也不能解开。

　　世上的孩子大多数跟着爸爸妈妈一起，三人同行，幸福满门。唯独我的孩子跟着我一个人，走过东南亚，飞越南方天空，也多次跟她妈妈一遍又一遍沿抚河走，从自己家到外婆家，又从外婆家走回自己家，却极少，一家三口同行同止。

如果说幸福的一家三口是上帝编排好的密码，那么具体到我们家，这密码出现了匪夷所思的紊乱。或许上帝在编排的时候犯困，一时疏忽酿成谬误，又或许是我们在承接这一密码的时候，因为某个不可能道破的缘故，将原本整齐无误的密码，拨来拨去，搞得七零八落。

　　我们夫妇和旁人一样过日子，看似幸福，却在岁月一点点消逝后，遗忘了幸福密码，丢失了幸福钥匙，枯燥无味，一统江湖。

　　正因如此，我的孩子有着常人所鄙夷的胆怯、害羞，郁郁寡欢，安静如猫，像是在蛋壳里生活一样。

　　我们去看《战狼2》的时候，它正冲刺30亿票房，以一骑绝尘的姿态，领跑中国电影票房，我的孩子跟我小时候不一样，她不喜欢看打仗的电影，也许这就是男女有别吧！孩子她妈和我一样，对一路飙升的《战狼2》心生好奇，欲一睹为快。女儿听说是打仗的电影，死活不想凑这个热闹，但经不住我们软磨硬泡，最终勉强答应。

　　于是，便有了这难得的一家三口同坐影院看一场电影的场面。这哪里是看电影，简直是在扶正那早已东倒西歪的幸福密码。

　　电影是不是精彩，有没有让我孩子满意，似乎并不重要，因为电影一散场，我们一家该怎么样还是怎么样。世上事往往就是这样，丢失了，任凭你踏破铁鞋去寻找，也枉然。

　　幸不幸福并不十分紧要，如果你不在乎它，它也就拿你没办法。如果一个人早已习惯了自己的生活状态，那么这个世界也不能把他怎么样。

　　折腾来折腾去，我在动荡中麻木，在麻木中看惯了眼前的一切，就像穿了一件铁布衫，无情箭射来，我只仰天长啸，陌路狂奔。

　　现在回顾那次全家看电影，我只对一个场景印象深刻。电影里打斗渐至高潮，男主冷锋掩护老百姓免受枪弹之害，以力拔山之势，顶住外国军队的进攻，最终被压在铁皮下，不得动弹。老百姓面临家园毁灭之危险，无端遭枪杀。恐怖势力滥杀无辜，死神来临之前，人群中有位美女起头，唱起歌来，群起响应。

电影里歌声响起，我下意识地跟着哼唱，因为不会英文只能跟着旋律，像久别重逢，再次归队的天鹅与大伙鸣叫出同一个节奏来。我一时还记不起什么时候，在哪里学会了这歌曲的凄婉旋律。怔怔之间，女儿侧头，轻问："老爸，你怎么会唱这首歌？"

我一时语塞，沉吟片刻，答非所问："这首歌好听啊！"

2

溯时光之河而上，我永远不想回到那三年。但为未来故，不好好回想也不对。

历史是一块砖，它为未来铺就了一条通道，失去历史，无异于放弃未来。

也许是不想揭开伤口，让自己疼，一直以来，我都没有静下心来总结那三年。

症结的源头，事件的起因，都与孩子有关。

2006年仲秋，孩子她妈查有身孕，以方便有人照顾，也方便上下班为由，住回娘家。如果此后三四年的准僵局面，是一次"核爆"，那这就是点燃了导火索。

现在流行"妈宝"一词，能造出这个词来的人真是太有才了，佩服至极。毫无疑问，孩子她妈戴上"妈宝"之凤冠是合适的，相当匹配。

我不知道她这一去就是三四年，留下一个空荡荡的家，让我身体大为舒展的同时，精神上像是被囚禁在一个幽闭的黑房，孤苦无依。当我一个人住不到 10 平方米的单身宿舍的时候，我的心在浩渺星空下飞翔，然而，寄身 130 多平方米的宽敞明亮的家，我的心却像折翅的鸟儿，失去了飞翔的能力。

2007 年盛夏，女儿出生，孩子她妈出院后，没有再住回娘家，而是返回自己家。原以为"花似人心好处牵"，殊不知一场女人间的争斗无情上演，一地鸡毛、一塌糊涂。

家是讲情的地方，而不是用来说理的，偏偏她们为争一理，论长短、论高低，弄得家里鸡飞狗跳、刀光剑影、血雨腥风。襁褓中的婴儿不明世事，独自哭泣独自眠，无声地长大。

如果人生可以重来，我决不会再走婚姻这条路，一个人吃吃睡睡，虽说跟猪没什么两样，但也不至于会有这么多麻烦，压抑得失去自我，令人窒息。既然事实已定，我已不再可能做一头快乐的猪，那只好忍气吞声、默默前行，像一头牛，或者一匹马。

有人形容男人是左右为难，也有作家用"双面胶"来比喻，上海男人则发明"夹板气"一词，看来，夹在母亲和妻子这两个世上最爱的女人当中的男人，无一例外都面临这一世纪难题。

真搞不通，这个世界怎么会出现"婆媳"这两种神奇的动物，比猫和狗还对立，跟水和火一样不相容。多少年后，我读福楼拜的《包法利夫人》，包法利医生的母亲和他的妻子艾玛，虽不住一起，但相见必有一杀，恶言毒行相向，胜过人间所有的宫斗剧。

我在家，局势尚且可控，一发而不可收的时候，我站在矛盾中央，默默劝和、左右平衡。然后，像一只受伤的黑熊，独自走向森林深处，收拾残局，用时间来疗伤。

但我不可能天天待在家里，我一走，麻烦就大了。

她回家后不到一个月，我受邀去深圳领奖，征询家人的意见，一致认为要去。虽然矛盾错综复杂，敌意满满，但一旦涉及我所钟情的事业，不管孩子她妈和外婆，还是我妈都鼎力支持。

当我告别《深圳青年》杂志王兄，一个人坐在深圳火车站候车时，家里来电话了，这是一个恐怖电话，以致很长一段时间，接到家里来电的时候，我都会心惊肉跳。

毫无疑问，在我候车返家的那个晚上，家里爆发了一场战争，我虽看不见，但其惨烈程度，透过信道传来的叫嚣，能清晰地感受到，一颗心顿时碎成千万片。

战场杀戮，都是为了民族生存和国家命脉，这场恶战是为了什么呢？鸡毛蒜皮。

从这个意义上来说，悲莫大焉。

回到家里，三个母亲（各自的妈和孩子她妈）争相给我复原战争场景，我母亲诉说完，就一个人坐在椅子上哭泣。见此情景，一股无名火腾地烧出来，足以毁灭一切，至今想来，依然恐怖万分。那时，我真正体会到狗急会跳墙，兔子急了会咬人，人急了、真的会杀人——所谓的"激情杀人"。

我那满腔无名火冲谁发呢？

岳母是客人，不合适；孩子他妈还在坐月子，不好下手；盛怒之下，老妈成了那个受伤害的人——吃二遍苦，受二次伤。那时的我，应该是非人类吧，用"恶魔"来形容最恰当不过了。一掌下去，打在母亲肩膀上，一脚过去，踢在母亲腿上，母亲呆坐在原地，一动不动，任凭拳脚如雨。

另外两个母亲应该看出来了，我使的是致命拳脚，换句话说，如果当时刀棍在手，也会狠命砍砸过去，所以她们半是装样子，半是动真格地来拉架、来劝解。

岳母率先站出来，喝止："别打了，要出人命哦！"

孩子她妈也过来拉。

我僵尸一般站在那里，母亲的哭声从如泣如诉、如慕如怨，转频至难抑的悲恸。也许，身痛早已超过了心痛。

她边哭边诉："她们俩合起来打我。"

一遍又一遍，像鲁迅笔下那个悲情的祥林嫂。

当时，我一定是被恶魔附体，瞬间冒出一个可怕的念头——大不了，打死了，我跟着一起死，大家都解脱了。我不知道，如果她们不拉开、不劝解，我会不会真的把母亲打死，但我知道，如果母亲因我失手而有个三长两短，我一定会自刎以谢罪，永远守在母亲身边。

好在我那残存的理智驱走隐藏于内心的恶魔，放下屠刀，立地成佛。

如果没有那次发作，如果母亲不受此苦痛，这残局怎么收拾？该怎么收水？——离婚？选择？大人分开很容易，置未满月的毛毛于选父或者选母的尴尬境地，那就太不该了。

母亲后来多次提到我那时疯魔似的暴戾，从未有半句怨言，只用两个字来表述：收水。

世上事，莫不是放水容易，收水难。

当天，孩子她妈重又住回娘家，说是坐完月子就回来。我天真地以为，很快就会回来，但事实远比我所想的复杂得多。

她们母女将我女儿带走之后，这个家宁和如初，静穆里透着欢悦气息。

3

母亲卧床数日，稍微能动弹后，收拾行李，回老家陈坊，一个人在乡下过日子。

临走的时候，她说："我走后，你要跟她好好过日子。"眼泪迷蒙，是她留给我抹不去的记忆，像一把无形的刀，直插进我的心脏，至今想起，依然会隐隐作痛。

孩子的哭闹声没有了，女人们无休无止的争吵也消失了，偌大一个家，只有我一个人，空空荡荡，孤寂无依。回到家里，我都不敢大声说话，生怕听见空空的回音。

如果婚姻注定是这样的结局，当初我为何要选择结婚？

这个问题一直困扰我，从日出到日落，令人寝食难安。也就是在那个时候，我在自己的QQ上挂出了这样的个性签名——

人活着有什么意义？

人为什么活着？

对于自己炮制出来的"人生之问"，我的答案，暗如死灰。

Q：人为什么活着？

A：为了活着而活着。

Q：活着有什么意义？

A：没有意义。

当一个人不停地追问"为什么活，活着有什么意义"的时候，毫无疑问，他活得失去了意义，他不想活了。

也许有人会说："你堂堂大学老师，还会写点小文章，作品积极向上，简直就是励志哥，而且吃穿不愁，女儿刚刚出生，怎么会不想活呢？"

发此问者，必不懂我，懂我者，已邀我过去散心，分散注意力，避免纠缠在"问活"的死结上，不要跟"死结"死磕到底。

那两年暑假，我都去了江苏江海之城——美丽的南通度假。作家马老弟带我吃吃喝喝，聊人生，谈文学，他小心翼翼避开生死话题，带我去见了很多很多人，看遍无数风景。

但我依然不能驱散内心的阴影，活像是一个会动的人形，行走在暗无天日的世界里，无时无刻不在想死，想怎么死才不至于让母亲太痛苦。

20岁那年，我的父亲离世，母亲成了我最深的牵挂。我随时可以转身离去，但母亲怎么办？她能接受这一事实吗？

虽然激怒之下，曾欲置她死地，但清醒过后，我心里就此背上一个沉重的包袱。夜深人静，我不禁自问："这个给予我生命的人，怎么能如此狠毒地对她？"人们总是对最爱的那个亲人，说最恶毒的话、做最毒的事，当时不觉，事后，悔恨深深。

人同此心，心同此理。

我要放弃生命的时候，不得不考虑母亲的感受。

古人云，身体发肤受之父母。任何自我毁灭，当询父母意见，但我无脸向母亲倾诉内心。

4

生不能痛快，死不能痛快，不知不觉，陷入不痛快的泥沼之中，不能自拔。

左右为难的，让人苦不堪言，备受煎熬。为破此僵局，我试图改善夫妻关系，接孩子回家，告诉孩子她妈，我母亲已经回乡下去了，已无争吵的可能，方便的话，就回来吧。现实的困境摆在面前，谁来帮忙带小孩，岳母一对孙儿已自顾不暇，不可能跟过来帮衬的。

岳母的邻居找我斡旋："你不要老是想着劝你老婆回去，我来给你提个建议吧，干脆你搬过来住得了，一家人住一起多好！"

想想也是个不错的办法，为此我还特意去旧货市场买了一张双层床，摆在阳台上，但一天也没住。一大家人，加上我8口，挤在60平方米的两居室，逼仄得不行，我宁愿在130平方米的自己家里孤寂，也不想挤在那儿忍受无边的喧闹。

同居一城，相隔不远，我们成了周末夫妻。周六、周日、节假日我赶过去带女儿，吃完晚饭，再回自己家，从不过夜。如果说世上真有熟悉的陌生人，我想我们就是典型。

我不知道这样不冷不热、若即若离的尴尬会持续多久，我没有能力破解困局，孩子他妈也无能为力，但我相信我孩子一定能，我把一切希望寄托在女儿身上，这成了我的信仰。

如果不将这基础性矛盾彻底解决掉，我想我永远也走不出想要自杀的阴影。

5

就在我对生活彻底绝望，行将放弃自己，打算人为地把人生终止的某一日的时候，老家传来母亲患病的消息。

顿感了六月寒。

妹妹在东乡县人民医院给我打来电话："哥，医生说妈脑子里有阴影，建议到南昌大医院去做检查。"

母亲经常喊头晕，原因不明也不愿意去检查。

如果不是眩晕到不能自持，估计她也不会去县医院做检查。CT 显示，阴影深重，不需要医生判断，我一个外行也能读出其中的重重危机。

在南大一附院，抚州老乡黄博士在灯前举片，只瞄一眼，二话没说，叮嘱我赶紧安排母亲住院。

母亲确诊得了胶质瘤，急需动手术。

就这样，母亲再度搬来南昌跟我生活在一起。母亲住院的时候，姐姐妹妹都来了，舅舅、姨娘也来了，孩子她妈带女儿也来了。我以为尴尬会化解、冰雪会解冻，但是就在母亲手术的前一天，我要她再把孩子带过来，跟老人家见一面，她借口太麻烦，拒绝了。

我是这么想的，老人家此次上手术台，要打开脑壳，自是凶多吉少，也许这一见，是祖孙之间的最后一面，她说："老妈会好起来的，你多虑了。"在我看来，这不是安慰话，而是不体恤人。

我永远记得这福祸相依的 2008 年，冰灾降南方、汶川大地震、奥运到北京、我家房贷全还清，然后就是母亲患病住院。大灾大喜的大背景，我家也是大喜之后接大悲。

人这一生，没有一成不变的欣喜，也不会一直悲情不散，多是忧欢交加，悲欣交集。

就在我庆幸只用 4 年就还完所有房贷，可以两手空空、一身轻松的时候，不期然，母亲要动手术，东拼西凑才借到巨额医疗费，做人子做到这个份上，内心有深深的挫败感。

活着到底是为了什么？

这一沉重的人生之问又冒出来了。

如果母亲在手术台上，不再醒来，我不会撒泼打滚、发起医闹，人心有所长，医学有所短，这就是命吧。我会更加坚定自杀的念头，寻亲而去……

好在吉人天相，母亲手术成功，没有留下任何后遗症，创下了生命的奇迹。

出院后，母亲闹着要回老家陈坊去住，我坚决反对。

母亲说："我在这，她更加不会回来了。"

我反驳道："你不在的这一年多，她照样也没有回来。"

6

有些人，相处久了，自会见亲；有些事，看习惯了，自会释然；也有些人分开久了，会看得更加清楚；有些状态持续时间够长，自然也就麻木，渐成为习惯。

唯有抑郁之情绪，如暖春之花香越来越浓。那是恶之花，香浓深处毒素浓。

我不知道自己有多少次，追问"活着为什么""活着有什么意义"。

也不知道多少次萌生轻生念头，放弃自己，欲离开这个美好世界。真的要付诸行动，又怕母亲无法接受那个残酷现实，恋生之心萌发，拿"好死不如赖活着"来支撑自己，走好脚下的路。

多年后，我读列夫·托尔斯泰，才知道壮年的时候，他也有跟我类似的追问。

他问：应该如何活着？

——根据上帝的旨意活着。

他问：我的生命中有没有什么东西是真实的？

——永恒的折磨，或者永恒的福祉。

他问：有没有一种意义是无法被死亡摧毁的？

——融入无限、上帝和天堂。

他问：我的生命是什么？

——是邪恶而毫无意义的。

（——后面，是他耗费久久之功，苦苦思索得来的答案。）

列夫·托尔斯泰的"人生之问"，诞生于他无法自控的抑郁症发作期。

他认为人生就是自欺欺人，毫无意义，眼前的一切都是虚空，只有从未来到世上之人才会快乐，死亡强于生命，我们必须摆脱生命。他遍寻典籍，追问苏格拉底、叔本华、所罗门，求教于印度先哲和佛祖，却一直找不到 $2 \times 2 = 4$ 这样明确无误的答案。

数年的迷茫，苦苦求索，终于有一天他顿悟了："的确存在着另外一种知识——非理性的知识——为全人类所拥有，那就是信仰。人类之所以活着就是因为他们有信仰。"

列夫·托尔斯泰终于找到了打开命运之门的钥匙——信仰。

于是，便有了活下去的理由，他这么阐述信仰的——

信仰是生命的力量。如果一个人活着，他就必须有所信，如果他不相信有什么让他必须活着，他就不会继续活着了；如果他看不到，也不能够理解有限的虚幻，他就会信仰有限；如果他理解了有限的虚幻，他就会信仰无限。没有信仰，人类就不可能生存。我开始意识到，人类最深邃的智慧存在于信仰给出的答案中，我没有权利基于理性否定那些答案。

　　智若托翁尚且在自杀边缘徘徊多年，愚若我等有这般解不开的心结，抑郁成患，实在是太寻常不过了。

　　一边寻死觅活，另一边贪生怕死，那段日子我像是行走在刀锋之上，异常艰难，每走一步，都留下滴血的脚印。

　　我发疯似的看书，试图找到精神的支点，着了魔似的上网逮陌生人聊天，来抵御日盛一日的无聊，以旅行的方式宽慰日渐封闭的心，以写作的坚守之姿对抗乌云般的抑郁。效果有一点，但还不够明显，有治标之功，却无治本之效。

　　我不知道这样的状态还要持续多久，甚至不清楚自己能不能在第二天太阳出来后，穿上头天晚上脱下来的鞋。

7

　　直到有一天我遇见了水，这一切才有了根本性的变化。

　　她是我文友加挚友的堂姐，今天仍活跃在南昌慈善一线，是红马甲慈善组织的领头羊。

水要带我去一个宗教场所，我说："那不行，我是无神论者，不能信那一套。"

水说："又不要你信什么，只是带你去感受一下，再说我也是无神论者啊！"

一个周末的晚上，水驱车带我赶到解放东路一废弃工厂，一群人在那里祷告，作为一个看客，我甚至控制不住自己，一直想笑，根本不敢想象改变我命运方向的时刻即将到来。

祷告以一呼百应的方式进行，领祷者微闭双眼，神情庄严，以极快的语速，忏悔自己，祈福求安。他每祷告一句，大家应颂一声，节奏感极强，配合默契，虽人多嘴杂，却也浑然天成。

接着唱歌，电子琴伴奏，歌词朴实无华，旋律简洁明了，一哼就会，我有种听儿歌的感觉，旋律简单，歌词明了。

纷繁世界，莫不是大道至简。

就在我烦躁不安，遍寻水的身影，欲离开此地的时候，歌声再度响起。不再是人声唱，而是从机器里传出来的，因为不懂英语，也不知道歌中所唱到底是什么意思。音律如母亲温柔的手抚摸烦躁不安的婴儿，又好似清凉的山风吹拂身心俱疲的旅人。

瞬间，世界安静人安详，我的心也随之安宁，匍匐在大地，被妥妥地安抚。

离开那里，坐在水的小车里，我问："你知道刚刚那首歌叫什么？"

水说："我知道你说的是哪首歌了，我也很喜欢，听了特别舒服，晚上睡觉都更香一点啦。"

我说："方便的话帮我问问吧，他们应该知道叫什么了吧。"但几经打听，水也没能获知此歌之名。

虽然不知道这首歌的歌名，但那与灵魂契合般的旋律已然镂刻进心里，在我孤独无依的时候，以无限循环的方式，回荡在心海。

8

我被抑郁狂魔控制以后，儿时做过的一个梦，时常光顾而立之年后的暗夜。

那个梦主题是攀登，结局是坠落。

做这个梦的时候，我不会超过 7 岁，但就那一次，让我铭记在心，任岁月风雨怎么侵蚀，它自是光鲜如新。

7 岁之前，我一直生活在赣东小村陈坊，四周无山，沃野百里，偶尔能见馒头似的小山丘，从未见过大山，更不曾目睹牛样大的石头。但是我那个梦，背景却是大山大石，还有离奇的橘黄的夕阳，恕我孤陋寡闻，活到 40 多岁，现实中还未见那种色彩的太阳。

梦的无厘头，注定无解，但那个梦的内容，我觉得在某程度上，是人生的隐义。

我在梦里攀登，一路顺风顺水，即将登顶，却在最后冲刺阶段，碰到巨大难题，一座光溜溜的山，了无抓扶之物，也没有落脚处，但我还是执着地往上爬。

结果，一失手，坠落下去，跌入深不可测的谷底。

就在不断往下坠的时候，我醒了，浑身如筛糠，颤抖不已，背后冒汗，庆幸这是一个梦，那种死里逃生的感觉，每每忆及，凛然一惊，额头直冒冷汗。

这个梦在儿时只有一次，像是一个拷贝，封存于记忆深处。在我 32

岁以后那几年不断放映，反反复复折磨我，让我不得安眠。

失眠的苦痛，只要你经历过，那种锥心的尖痛，令人生不如死。

古人云："睡是小死。"

人不能小死，何来大生？

那段时间我喜欢熬夜，轻轻松松迎接零点的到来。（一般来说，夜里11点之前，我都会卧床而眠，凌晨还醒着，定为非常态。）

那时，要么看书，要么找陌生人胡吹海聊。就算躺在床上，也能清晰的听见壁挂时钟滴答之声，勉强躺着，也会听广播。中央人民广播电台中国之声零点有档节目叫《千里共良宵》，常在夜深时响起，给我深深寂寞。

遗憾的是，这个世界没有人与我共良宵，卧榻之下，空空如也，更别提千里之外。

世界之悲，悲莫悲过外有旷夫，内有怨妇，而我就是一个已婚的旷夫，夜夜噩梦缠身。为此，我的博客一度更名为"梧桐半死清霜后"。

抑郁，虚度年华；清爽，珍视当下。

我像一个钟摆，在虚度和珍视的两端，不停地摆动，无休无止、生生不息。自从那首歌进驻我的灵魂后，失眠症有所好转，那个坠落的梦，也极少光顾一个人的清夜，生命的钟摆，永久地停留在清爽那个刻度上。

神清气爽，生活回归正常。

我开始慢慢地写一点东西，博客更新，如水缓缓流，日子就有了一点阳光的意味。

一次，在博客链接中，跳到江苏著名女作家梅子姐的文字坊，点开她的乐评专栏文章，"奇异恩典"四个陌生且冷峻的汉字，跃入眼帘，我听到了落入心湖的叮咚声。点击音频，那熟悉的旋律在我家书房响起，悠扬、飞翔，像苍鹰凌空翱翔，又像百灵枝头鸣唱。

我终于知道了改变我命运的那首歌的名字，冥冥之中不知是谁给我送来这个奇异恩典，渡我人生之劫。

——没错的，电影《战狼2》那首英文插曲正是《奇异恩典》!

女儿问我怎么会哼唱这首歌呢，三言两语能说清楚吗？只好环顾左右而言他。

自2006年底，孤寂一人过活以来，恍恍惚惚、迷迷茫茫、不问来日、不明就里，直到2009年春，一个人、一次聚会、一首英文歌，将郁结在我内心的如千年茶垢般又脏又厚的不良情绪，一扫而光。

9

当别人取笑那句"自从患了精神病后，我精神多了"，我只会以静默之姿，肃穆之神情，向乐观豁达致敬。

这个世界有多少人是笑着与家人告别，被抑郁拉近死亡之谷；又有多少人大骂抑郁人士矫情"多大点事，还自杀？""要死早死，丢人现眼！"，逼他们跳入死亡之海。

庆幸的是在我无法自控流露出这样的情绪的时候，江苏马作家要我去他那里，以近乎放纵的方式，放松身心；儒商吴总，拉我去广州潇洒，与我日夜共度，陪我看淡风月、看透风云，还自己一个风清的世界。

改变不止一点点。

2009年夏，我的第四本书《幸福就在抬头间》签售会在新华书店南昌购书中心举行，读者云集，鲜花簇拥。水在人群中，向我致意，用她恬静的微笑给我鼓励和祝福。也是这一年，我接了两个报刊专栏，定期给呼和浩特和南昌供稿，我们家被区政府授予"五好文明家庭"光荣称号。

是的，我以自醒为导航，努力实施自我拯救，慢慢走上了人生正轨。我从滑入人生边缘的抑郁人士，华丽转身，回归柴米油盐的日常。

母亲劝我去把孩子他妈接回来，把孩子领回来带。我依然束手无策。

每次提起这一要求，孩子她妈都说："要不你搬过来跟我们一起住吧！实在不愿意过来，你双休日过来看看孩子不是挺好的吗？"

你所认为的不正常，别人眼里是再正常不过的，就像你寻死觅活，别人只当笑话一场。这个世界的滑稽和残酷，莫不源于此。

母亲再催我去接她母女俩回来的时候，我像以往那样冷绝地回她："接什么接，这个僵局，不死个把人，永远解不开。"

最初说这句话，意思再明白不过，我死了，这自然不再算一个事，一切就迎刃而解。

你可以说这是鸵鸟政策，于事无补，一味躲避，不具有建设性。事实上，我除了躲避，拿不出任何良策来。骨子里的懦弱，畏首畏尾，当断不断，犹豫不决，注定了我一生悲剧性的氛围。

性格决定命运。

不死一个人，不能彻底解决问题！

当初抛出这么一句话来是自咒，而不是自嘲；是抑郁的开端，而不是控制不住情绪，乱发脾气。

时至今日，除了我自己和极个别朋友，没有人知道我曾如此抑郁过，包括我的母亲和我所有的亲友。

母亲最听不得的一个字就是"死"。她见我口出如此恶毒的咒语，也就不再催促，一个人默默地进出她自己的房间，任凭事态怎么发展。

一语成谶。

2009年秋天，孩子她妈的外婆年事已高，一日老去，无疾而终。女儿的外婆去奔丧，不得已，终于把女儿送回给我带。

那时女儿两岁多，正是孩子最可爱的时候，虽然我没有天天带她，但这并不影响父女之间的深情。

永远都记得2009年正月初七的那个下午。正月里，孩子他妈在家待了7天，准备返回娘家，老友吴总开车送我们一家三口过去。在车上，我反复对怀中的女儿交代："等下到了外婆家要说阿婆好，要跟爸爸说拜拜，记得挥手哦。"在车上，女儿答应得好好的，并笑着给我演示了很多遍。

车开到孩子外婆家楼下，孩子她妈带她下车，她乐颠颠地冲外婆说："阿婆好！"习惯性地转头看我，发现我没下车，突然变脸大声哭喊："爸爸！我要爸爸！"

我僵坐在副驾驶座上，不知所措，眼泪唰地流了出来，看着女儿冲出她妈妈怀抱，直奔小车跑来，边跑边哭："爸爸，我要爸爸！"孩子她妈赶紧抱起哭成泪人的女儿。

老吴见状说："咱们走吧！要不然都走不掉了。你也不要难过，小孩子都这样黏爸妈的。"

汽车驶出小区，女儿那撕心裂肺的哭喊一直在我耳畔回响，我的心就这样被这哭喊给揪住啦，再不想去折腾什么了。

女儿在家的那几天，我又当爹又当妈，真是甜蜜的烦恼，连埋怨都透着满满的幸福。

奔丧那天，我带女儿一起去了乡下，孩子外婆见到宝贝，拍掌呼唤，欲迎抱过去，女儿没有扑向她，转而把我抱得更紧了。

孩子外婆说："老话说得好，生得亲，争不亲。你看，带她3年白带了。"

鉴于此，她们再强留宝贝，就没有理由了。就算她再"妈宝"，女儿在我怀里的那一紧扑，仿佛是一把神奇的剪刀，"喀嚓"一声，剪掉她那根无形的脐带。孩子她妈也该长大，独自面对人生风雨，不能像乳燕那样总是依偎在母亲的羽翼之下。

女儿回家了，孩子她妈自然也就回来了，一家三口重又团聚秋深的家。

幸福如水，在生活湖里荡漾。

一个人要走多少路，才能找到适合自己的那条路；一个人要吃多少苦，才能品咂到生活甘蔗之甜？

我不知道，只知道女儿回来，真好。

每一个人都会因生活中这样那样的不顺而心生抑郁，但多少人一抑而过、风轻云淡，又有多少人抑郁成结、坠入病患的漩涡？

10

一晃又过去 8 年。2017 年仲夏，我在北方一座小城访问，一顿丰盛晚宴，一群可爱的人，聊人生、谈命运。兴起之际，在座的一位女大学老师，放下手中的杯筷，起身给大伙唱起京剧来，甚是有才，赢得满堂彩。

掌声歇处，她的故事适时地抛给了我们。

她说："看我这么开朗、乐观，能想象到我抑郁的时候是什么样子吗？"

我们疑惑不解，惊问："你怎么可能得抑郁症？"

抑郁来时猝不及防，毫无征兆。那时她工作好，刚评上教授；老公好，对她疼爱有加；儿子好，聪明活泼、学习上进。这好那好，一切都是刚刚好的样子。唯独她不好了，想自杀，那念头像大海的波涛，一浪高过一浪，日夜不歇，搞得夫儿不得安生，家人也跟着悬心、揪心，痛苦异常。

我很好奇："你怎么好的呢？有没有寻医问药？"

她说："没有。"

她的自愈与一个绳子有关。

其时，经年的抑郁症把她折磨得人不人、鬼不鬼，面目可憎。家人也连着遭罪，面对她的抑郁症无计可施。唯一能做的就是将家里阳台、窗台，全封闭。她买一根绳，就藏好一根；买一把刀，就隐匿一把，很像猫和老鼠做游戏。她也是阴晴不定。清醒的时候，见家人藏起她的"凶器"来，也就莞尔一笑，感恩有爱相随、感念家的温暖。

有一天，她家楼下有个四五岁的孩子被反锁在家中，哭天喊地，听得人发瘆。她灵机一动，要去救受困的小孩子，下楼敲门，无人应答。孩子一个人趴在阳台，形势十分危急，小孩在五楼，如果他翻出窗外，非摔死不可。

她对丈夫说："绳子拿来，我要下去救那个受困的孩子。"

丈夫见她如此"热心"，自然不给她机会。岂能让她"得逞"，断然拒绝："那不行，要下去也是我下去，你在上面放绳子。"

她说："那怎么行？你那么重，我放不了绳。我轻，你力气大，能够放绳，也更安全。"

没毛病，简直是滴水不漏。

她丈夫只好依从，拿出藏匿好的绳子，给她牢牢绑住，一点一点往下放。

跃出窗外，她终于体会了久违的跳楼的感觉。求生的本能，让她抓牢绳子，救人的愿望又让她小心翼翼往下坠，一点点地接近被困的小孩家的窗台。她丈夫比她更小心，一次只放一点点，生怕有一个细小的闪失，酿成惨祸。

她抵达受困孩子家的阳台后，拉开窗户，然后，冲老公大喊："再多放一点绳，我要跳啦！"

跳！

窗台擦破她的大腿，膝盖碰地导致皮外伤，手上、腰上、小腿肚……身上各处大小伤痕，数都数不过来。所有的伤痛弥合了她内心那道看不见的伤。

那一刻，她不治痊愈，自杀阴影彻底清除，头顶现出一片本真阳光。

她说："我哪里是去救人，是在救己呢！"

"渡人者渡己。"她在手机上展示当年新闻媒体报道她救人事迹的时候，我在心里默默地念出了这一句。

也许是受这位女大学教师的启发，在座的一位公司女老总，也大谈自己过往的抑郁。那时她公司举步维艰，儿子上初二，叛逆非常严重，容不得她开口说话，句句反驳，声声抗议，让她不知所措。公司前途暗淡，母亲也做的相当失败。她茫然失措，久而久之，抑郁成疾，一心只想一了百了。是公司新进的一位男职员，挽救她于隐秘的危机之中。

他带她去听音乐会，到少有人去的地方旅游，陪她看日出，守天黑。渐渐地，她爱上了这个比她小七八岁的男人。

一个秋日的黄昏，她倒在他温暖的怀里，放声大哭，而他沉默不语，紧紧地搂着她，一寸一寸，吻干她脸上的泪痕。

她顿感岁月静好，生命静美，死亡之神不再向她招手，她回归了正常。

美国作家约翰·欧文说："当你找到爱的时候，也就找到了自己。"

如何更好地爱自己，途径只有一个：去爱别人。

怨己者自怨，爱人者爱己，恨人者恨这个世界的一切。

听了她们两人的倾诉，我表面无动于衷，内心早已翻江倒海。也许是虚伪，也许是出于自我隐蔽的需要，我没有当众倾诉自己的过去。跌入抑郁泥潭的人都有其独一无二的理由，一旦消失在这个世界，他们所秉持的观点都是一样的。只有少数一些人，因为这样那样的原因放弃了那个万众趋同的决绝，于是便有后来的某个机会，笑着把当年事说出来。

抑郁成疾，有药可医，大可不必恐慌。最可怕的是外人，尤其是亲友的嬉笑和不解。

抑郁不医而治，靠的是什么呢？

——自醒、自救和自爱。

2017 年 8 月 13 日，我和朋友登顶广州塔。

坐上"跳楼机"，满是新奇，欣然被机器缓缓升抬起来，繁华的南国像小小沙盘一样被我踩在脚下，那种空洞和通透之感，给人印象好极了。升至顶端，座椅前倾，人整个面向大地，危感十足。还没来得及准备，瞬间急降，坠落，坠落，坠落，坠向人间天堂……

我觉得我要死了，眼一闭，牙一咬，使出了吃奶的劲，整个人晕过去。勉强能听见其他人的尖叫，我不敢喊，怕一喊，松了唇，失去所依。短短的十几秒过去后，坠落终止，平稳降落，啥事也没有！

走出"跳楼机"，我感觉满嘴血腥——我把自己的双唇都咬破了，还好，不是吓破胆，只是咬破唇。

那一刻，看天高云淡，听人声鼎沸，觉得人世妙不可言，活着真好。

抑郁是一场坠落，如果没有安全着陆设备，结局就是毁灭，如果要生存就得像"跳楼机"那样有个保护装置。这因人而异，有些人是"救人"，像那个大学老师，在施救的同时，也挽救了自己；有些人是去爱人，像那个女老总，用一场出轨来呵护生命安全。而我呢，是因为一首歌，旋律如清水流淌，涤荡心灵杂质，澄澈心理空间。

这都是上天对抑郁人士的奇异恩典！

（2017 年 10 月 29 日于南昌抚河畔）

（后记：此文完稿后一年，2018 年 11 月 22 日，这位摆脱了抑郁症的男子终结了这段婚姻，孤独一世，清静一生。）

龅牙兔

1

都说一分钱难倒英雄汉，何况她是这么一个弱小的女孩。没钱的难，像座大山，时时压得她喘不过气来。

从小到大，她的个头在变、视野也在变，所思所念所经历的都在改在变，唯有穷一成不变。没钱，对于她来说，本不足以产生什么不适之感，可它常常化身饥饿、丑陋、自卑和无助等，刺痛她脆弱的心。贫穷是一个黑洞，将她裹挟而起，作高速飞行，而她永远不知道什么时候会停止，目的地又在何方。人最怕的就悬着，上不上下不下，想抓个什么东西在手，找到一点踏实感，却是枉然。

在她看来，改变的通道只有一个，而通道上的导航员，正是死党林双凤。

三番五次，她缠着林双凤，近乎哀求道："阿凤，给我介绍一个吧！我是认真的！"

林双凤说："没钱报考英语三级吧？我给你呀！想那事，没门！"

她说："不能再拿你的钱了。你都给了我那么多钱，还不起的。我心里过意不去呀。"

林双凤说："你这个死家伙，你还钱干嘛？你当我是你姐就放心大胆地花。你若真要走那一步，可别怪我不认你这个妹！"

她说："我真的不在乎什么了。阿凤，你帮帮我，介绍一个给我吧！"

林双凤火了，怒斥道："杨荷珍，还说你是属兔的，我看是属猪的！你知道猪是怎么死的吗？"

杨荷珍彻底无语了。

校园外，清河水静静流淌，细波层层荡起，又次第消淡。河畔那排高大的杨树，长得与教学楼齐平，风吹树叶，沙沙作响，仿佛离人的思念语，又像是一个人心碎裂的声音。杨荷珍站在锈迹斑斑的铁围栏边上，望着河水，一脸愁苦，一颗泪珠从眼角滑落，滴在脚下碎裂成一片湿。

一个人想做成一件什么事，哪怕阻力再大、困难再多，只要下定决心，就一定能做成功。

杨荷珍相信，自己一定能如愿冲破这个黑洞，想终止悬空的感觉，脚踏实地，稳当也舒服。一定要如愿。

一定能如愿。她相信。

2

笑是林双凤的一张名片。

可这张名片像蜥蜴，遇人变色，对杨荷珍是和善、温暖、知冷知热的问候，对其他同学一律是讥讽、挖苦和冷酷。泾渭分明。变化之快，令人咋舌，因为这中间不需要任何转换，没有一丝铺垫。

以此来判断，杨荷珍和林双凤不是姐妹胜似姐妹。平时，双宿双飞，哪怕一个要上卫生间，另一个不上也会陪在门口，乐呵呵地候着。出来时，守候的那个不停地埋怨："怎么这么久？"然后身相依，手相牵，欢悦前行，从后面看去，像是一个双手双头四条腿的连体怪人。

林双凤叫杨荷珍老婆，杨荷珍喊林双凤老公。班里一些女生，喜欢这样老婆老公地乱叫一气，并不是所谓的女同拉拉，只是好玩，显亲密罢了。

在同学眼里，杨荷珍和林双凤最不可能交缠一起。偏偏不可能的，出其不意地化作可能，成了一致公认的死党、最佳拍档。

进校时，杨荷珍灰头土脸，一身暗淡的粗衣，宽宽展展，衬得她像豆芽菜似的，看什么都带着慌乱和惊愕的神情，好像谁都可能在背后给她一刀。林双凤一身时髦打扮，棕红的头发，真丝吊带裙，前胸后背风光旖旎，引无数男生大行火辣的注目礼。如果说打量她的男生目光是一团火，那她早就化成火焰山里的凤凰了。

起初，林双凤和杨荷珍只是平常的同学关系，不远也不近，是正常的距离。一个偶然的机会，让她们牵手同心。

那一夜，杨荷珍从自习室回来，在幽静的林阴道上，被一老乡拉住。老乡是男生，读大二，迎新时曾帮杨荷珍提过包。他们的交情仅仅是他帮忙提包，可他偏偏胆大妄为，试图搂抱。半明不明的林阴道上，他拉着她的手，放机关枪似的说了一堆情话。杨荷珍哪见过这阵势，当即被吓得哇哇大哭。恰逢林双凤路过此地，看同宿舍的姐妹吓得哭了，当即指挥身边三个男孩，狠狠地修理了那个男生。

回到宿舍，林双凤关切地问她受伤了没、受辱了没。杨荷珍静默无言，把头摇成拨浪鼓。

事后，林双凤背着杨荷珍，又让那三个男孩对她的那个老乡耳提面命了一番，临走，每人给他一记重重的耳光。望着三人扬长而去，那男生满腔怒火，在心里骂道："杨荷珍，你这个骚货，一年之内不把你拿下，老子不叫邓建民！"

很长时间，邓建民安分守己，不再纠缠杨荷珍，那三记耳光，如虎余威，镇住了他由男性荷尔蒙所带来的青春狂躁和冲动。

以邓建民事件为契机，杨林二人感情迅速升温，老婆老公叫开了后，更是亲如一人。她俩成了这所高职学院的独特一景，一土一洋、一动一静、一贫一富，是这个时代，绝版的友情。

3

林双凤对杨荷珍好，是纯粹的、私人的、温暖人心的，不夹带任何附加条件，就像中国对非洲穷国的援助那样。杨荷珍的饭卡上没钱，林双凤就把自己的卡给她，任由她刷。杨荷珍私下里记下刷卡数，林双凤却说："你若当我是朋友，别想着还钱。真要还，我跟你绝交。"

杨荷珍的窘境，林双凤了然于心。杨荷珍讲自己的心事，听得林双凤唉声连连、泪珠点点，眼睛里泛着同情的光。

如果说林双凤的幸福是双黄蛋，那么杨荷珍的命运就是双黄连，苦不堪言。

杨荷珍在家排行老三，上面两个姐姐，下面还有一个弟弟。她出生后不久，就被母亲送到一远房亲戚家。3 岁的时候，一场大病差点丢了小命。远房亲戚不想让她死在自己家，就把她给送回来了。父亲带她到县里，上省城看病，总算是保住了小命，花费自然不少。

长大后，母亲见她就来气，骂她："杨荷珍，你个败家星、扫把星，你想把家败成什么样？"她坚持要上初中，母亲是这么骂的；她誓死要去县里读高中，母亲还是这么骂的。甚至购件内衣买个发夹，也要这么被骂一通。

如果母亲的骂声是投击过来的一枚石子，那么她已是身经百战，体无完肤了，可她从不迁怒于母亲。家里太穷了，母亲骂一骂，发泄心中的怨愤，也属正常，做女儿的这个理还懂。好在母亲的骂，多半是在电话里。听筒里传来的骂声，杀伤力远不如面对面来的大。

上小学四年级的时候，母亲就去浙江打工了。有妈和没妈一样，妈妈只是电话那头，严厉的骂声。

父亲一直在那边做泥工，母亲不愿意一个人在家里种田，心一横就到父亲身边做小工。母亲常说："四个书包啊！背都压弯了，累死人啊！"母亲把自己四个孩子称作四个书包，在她眼里，这四个书包哪是在背知识回家，简直就是往外驮钱。这四个无底洞，在外打工累死累活，永远也别想填满它。

母亲威逼大姐二姐退学的那年，杨荷珍以优异的成绩考入县一中。她以为母亲会为此骄傲，果不其然，母亲的确破天荒的改骂为夸，她乐得癫狂，得寸进尺地向母亲提出想买一个小挂件，一个小龅牙兔。母亲当即拉下脸来，又是一通臭骂。这一次，她被骂哭了。她实在受够了这种委屈，暗地里甚至怀疑自己是不是为母亲所亲生。

在县里上高中的时候，杨荷珍省吃俭用，买下这个二十几块钱的毛绒公仔——龅牙兔。小女孩的心思绵密细腻，小小的龅牙兔，成了心的寄托、魂的归宿。

父母不在身边，姐姐也远在外地打工，自己还要带好弟弟，杨荷珍心伤心痛之际，就会双手紧握龅牙兔，在心里默念：要坚强，一切都会好起来！于她，这已不是单纯的玩具，而是陪她走过灰暗青春的另一重生命。

杨荷珍差点带着龅牙兔一同离开这个世界，只因母亲决不同意她上大学。她喜欢读书，吃苦不怕，受累也无所畏惧，遗憾的是，用尽心气，成绩依然平平，在中下游徘徊。好在高考时，超水平发挥，上了三本线，却阴差阳错被一所高职录取了。

母亲骂她："让你读高中，你又不好好读，考个专科（高职），有个屁用？到时候找不到工作，还不是跟姐姐一样出去打工？不如现在就进厂。"

她气恼地说："我一定要上大学！"

母亲愤怒地说："我就不让你去！"

她理直气壮，大声说："不让去，我就去死！"

这是她第一次顶撞母亲，话一说完，所有的不满和怨恨，得到前所未有淋漓的发泄。清空之后的心情，感觉还不错。母亲被她气急了。她看到母亲气急败坏的样子，心里甚是紧张，浑身开始颤抖，手捂着嘴，大哭起来，转身冲出屋子。背后，传来母亲恶狠狠的骂声："早死早好，看见你就讨厌！"

杨荷珍绝望地割脉自杀。幸好弟弟发现及时，要不然天堂里就多了一个无忧的孩子。父亲匆匆从浙江赶回来，允诺让她上大学，这事才算了结。

此后，母亲有所收敛，再不敢口无遮拦乱骂她。

日子流水般地过着，母女之间心的距离越来越远。她对母亲充满陌生感，常常感觉自己犹如狂风下的衰草，百般的挣扎，仍一身沉重，满是无奈。这个时候，龅牙兔就成了她唯一可以倾诉的朋友。小小的玩具兔，承载了她所有的悲欢。

"龅牙兔，你这个小乖乖，你就是我的真正贴心的宝贝！"她时常把它搂在怀里凄凄楚楚地低语。

4

在林双凤眼里，杨荷珍就是荷叶上的一滴水珠，圆润澄澈，滚来滚去，没个定数，简单得让人一览无遗。她无法体会杨荷珍卑微的生存状况，以及作为乡下女孩的奋发与无助、艰辛与果敢。

林双凤有时觉得如果像杨荷珍那样地活着，倒不如死掉。然而她终究还是羡慕起杨荷珍的简单，以及她那无忧无虑的纯净来。因为她发现自己怀孕了。

人，小时候简单，大了才复杂。简单就快乐，复杂烦恼始生。更复杂，痛苦则降临。林双凤知道自己的痛苦来了，算是对自己超级复杂的惩罚。究竟怎么复杂到此，她自己也理不清头绪。不过有一点，自己的任性在这方面起到了点石成金的作用。

女孩一任性，事情就复杂。

林双凤站在医院走廊上，那排幽幽蓝、凉沁沁的塑料椅上已坐满了人。手里握着待手术的单子，个个惊慌失措。从手术室出来的，个个面如纸色，由两个人扶着——简直就是拖着走。广告上不是说无痛人流吗，怎么会让人疼成这样？

林双凤吓坏了，跌跌撞撞地走出医院大门，门外阳光像有使不完劲的孩子一样正撒欢，路旁葱翠的女贞树泛着青碧，她倚在一棵香樟树上，一连揉碎了好几片嫩叶，气急败坏。她从精致的坤包里掏出手机，接连打了好几个电话，脸色越发暗淡了，最后她无奈地摊坐在地上。出了事，居然都不接电话，看我怎么收拾你们。

她拨通了杨荷珍的电话。

"喂，老公。"电话那边传来杨荷珍欢畅的声音。

"你，你在哪里？"林双凤双手握着手机有些颤抖。

"宿舍里呀，你怎么了？"杨荷珍感觉到她与往常声气不同。

"我在医院，你，过来陪陪我吧。"林双凤把手机抓得更紧了，眼里尽是柔弱。

"你怎么了，生什么病了，要紧么？"杨荷珍担心地问。

"没什么，不要紧的，那你快来吧，现在就来，我在医院门口等你。"

挂了电话，林双凤给那三个不接电话的家伙，一一发去一条短信。

杨荷珍赶来，连声询问："阿凤，怎么会在这样的医院，到底发生了什么啊？"

她比当事人还慌乱。

林双凤反倒安慰起她来，笑道："没事的，不就一小手术嘛！"

5

有时候，人算不如天算。本以为做完就可以回家，没想到手术出了点麻烦，不得不住院观察。

杨荷珍向学校请假，全天候陪床。当天晚上，来了三个男孩，一个上来就削苹果，另一个提起热水瓶要去打水，还有一个嚷嚷要找医生。

林双凤把那两个要走的人叫住了，大声质问："你们说怎么办吧？"

削苹果的放下刀，缓慢地把苹果递过去，说："先吃苹果吧。"

林双凤说："不吃。我恨透了你们三个！"

要找医生的，不停地搓手，说："当务之急是要把住院费交上，这样吧，既然三个人都来了，费用就平摊了吧！"

要打水的，放下热水瓶，不停地点头，说："我没意见。"

削苹果的终于把削好的苹果递送了出去，双手揉搓，说："你就慢慢调养好身子吧！钱的事你不用操心，我们三个人一起来付。"

林双凤干涩霜白的双唇挤出一丝微笑，话里少了怨恨，多了些绵软："那还能怎样，都是你们造的孽。我没事了，你们该干嘛干嘛去！"

都说三个女人一台戏，而今杨荷珍看到一场三个男孩围绕一个女孩而上演的情感大戏。不得不佩服她的超凡能力，出了这样的事，居然三个男友相安无事地围在她身边，争着示好，主动商量住院费用分摊的事。

杨荷珍早就知道她在外面有不少男友，一直以为她的男友是大款，却没想到都是这么帅呆酷毙的可爱男生。

此事给杨荷珍极大刺激，她简单的头脑起了风暴——林双凤能时尚新潮，吃香喝辣，为什么自己不可以呢？她能摆平男朋友，我为什么不能尝试一下呢？为什么要缠着她给自己的爱情导航呢，自己做自己的定位仪不好吗？

她想抓住机会，主动出击。不是流行这样一句话吗？——不谈恋爱，上这样的大学，就冤枉了。

她打心里认同了这一观点。

在医院的短短7天里，杨荷珍向林双凤打探情感细节，获取第一手恋爱秘籍，看来自己的判断没错，恋爱这个东西，比那枯燥的财会课生动有趣多了，让人深深着迷。

回到学校，杨荷珍跃跃欲试，想下海体验恋爱滋味。林双凤不给自己介绍，自己找就是了。可是偌大一个校园，来自全国各地的几千男生，谁会是自己第一个男友呢？

结局大出她的意料。

6

林双凤出院后像是换了个人似的，往日拒人千里之外的冷漠消失了，她微笑不仅对杨荷珍，对谁都很友善。这种转变使得她迅速融入集体，不再单单和杨荷珍好，而是与大家打成一片。

可这只是昙花一现。没过几天，大家就很难见她的人影。高人都是神龙见首不见尾，她就是这样的人。有时，明明看到她还在宿舍睡觉，从食堂打个转回来，床上空空如也，接着好几天都见不着人。

有同学向杨荷珍打听林双凤的下落，她只有摇头。班主任多次过问，她一问三不知。这让班主任很恼火，说："都说你跟林双凤玩得好，你怎么可能不知道她去哪里呢？"杨荷珍心里那个委屈呀，说："打她电话又不接，问她什么也不说。我怎么知道她去了那里呀？"

很久了，都不见林双凤的人影，宿舍里都难闻到她的气息，就在她即将淡出大家视野的时候，一位中年男子的到访，提醒她们还有林双凤这么一个人存在。

此男突破宿管阿姨设置的重重防线，直冲上来，透着一股子蛮劲。

他花白的头发，笔挺的西装，看上去稳重大方，很慈祥的一个人，从现在的模样推想过去，他一定是个超级帅哥。他压低声音，略有喘气声，是累的也可能是急的。他满怀希望地问："你们知不知道林双凤去哪了？"

室友都说不知，然后整理书包，去自习室了。只剩下杨荷珍和他。那人环视一遍宿舍，后定睛看着杨荷珍，不再打听林双凤，转而一心一意地了解起她来，颇有"宜将剩勇追穷寇"的味道。

杨荷珍开始还谨言慎语，没过几招，就丢盔弃甲，显露出单纯女孩如水般纯净的本性。要命的是，中年男子大腹便便却也风度翩翩，像一粒顽皮的石子，投入杨荷珍的心湖，顿时圈圈漪涟，惊扰守了多年的平静。

那一刻，她明确了自己的恋爱目标，确切地说，找到了像阿凤一样潇洒的活法。

男人隔三岔五开奔驰来接杨荷珍，去喝茶、看电影、逛商场。原先那个土里土气的村姑模样渐渐远去，杨荷珍像一朵进入花期的蓓蕾，猛地怒放，香艳惊人。

突然有一天，他抛给杨荷珍一道难题。虽说，此事想过很久，但要付诸实施却还是怕，怕东怕西，瞻前顾后。她一犹疑，那人就疏于联系，用的是冷处理。

这是风流男人惯用的手法，热乎一阵子，不答应他，就冷处理，等鱼儿上钩。杨荷珍初涉爱河，没有招数可出手，那边一冷，她这边就热乎起来了。她准备答应他的要求，亲手将自己的清纯作为贡品，送上桌，供他享用。

7

进入梅雨季，雨水充沛，滚石都能长青苔。

那个午后，杨荷珍闻到一股浓浓的霉味，不是从床板、衣柜、卫生间等暗潮湿处发出的，源头在心里。霉变的加速度，引爆匿藏在心中的那两个人的激烈交锋，刀光剑影、星花四溅。本以为做这个选择会很轻松，事到临头，还是犹疑矛盾了。

一个说："去就去，怕啥呀，现在谁还在乎这个？"

另一个说："丢不丢人，去了，还怎么做人？真要去，还不如在大街上，找辆车撞死算了！"

一个说："现在谁还把'饿死事小，失节事大'当盘菜？就算这真是一盘好菜，告诉你，我已不是菜鸟了。我去定了！"

另一个说："堕落、无耻、下流、烂货……"

一个说："哪怕再崇高、再圣洁，可我已经不把它当回事了！"

另一个结巴了："你、你！"

十指交叉相握在一起的双手，又松开，又相握，反反复复。杨荷珍没辙，忽而东，忽而西，东倒西歪之际，脑袋像是要炸开一样。不能再这样下去，非弄的人格分裂不可。

抬起头，深情注视钥匙扣上那顽皮的龅牙兔。这个小巧的毛绒公仔，用自己攒了很久的钱，是她有生以来第一个花钱买来的玩具。这些年，脏了又洗，洗了又脏，当年粉扑扑红嫩嫩的龅牙兔，已灰头土脸，黯淡无光。

暴戾的争吵，渐渐稀淡，龅牙兔帮她做了决断。

去！

随后，她感到无比轻松，翻开课本《中级财务会计学》，饶有兴趣地抄写起那晦涩难懂的公式。

8

"哎哟——"

"痛吗？"

"嗯。"

"还痛吗？"

"哎哟，哎、哎、哎……"

"好痛吗？"

"唔——呜、呜、呜……"

没料到会这么痛。

先是一阵炸裂式的锐痛，仿佛硬冷的铁犁在柔软的身体里犁开一道血淋淋的口子，继而是巨浪般地阵痛、浪奔痛、浪涌痛。涨潮疼，落潮更疼。也没料到自己会这么湿，从头到脚，湿漉漉的，像是刚刚从水里捞起来。枕上是泪水，身上是汗水，身下是触目惊心的一摊血水。难怪说，女人是水做的。

比身体更痛的是心。身体的疼痛还可以叫喊出来，而心痛，却无从开口。

男人要起身穿衣，她卷起被单裹紧自己。那一刹那，第一次瞧见他光光的身子，粗大四肢，脂肪肥厚，圆乎乎的肚腩，像个临产的孕妇，皮肉松松垮垮，显出经年的风霜。

丑陋不堪!

人生第一次,这么美好的东西,怎么就交给了这样一个男人?一闪念,她身子一紧一缩,憋了许久的哭,火药一样轰地爆炸开来,泪雨滂沱,一如夏天台风过境裹挟而来的特大暴雨。

男人问:"你真是第一次?"

她只是哭。

男人说:"今天,我太幸福了。"

她还是哭。

男人又说:"你以后遇到什么困难就吱个声,我一定会帮你,记得打我电话。"

她一句话也没有说,回应他的只有哭泣。她的哭声里混杂着绝望、忏悔和无奈,锐不可当、气势磅礴,每当停歇下来,只是暂时的趋缓,接下来哭得更急更猛。

树怕剥皮,人怕伤心。这个小女孩到底被什么伤心了?仅仅是因为贞操的失去?可是按响宾馆房间门铃的时候,她应该知道会发生什么的呀。男人理不顺头绪,摇摇头,无心去探究她的内心世界,从钱夹里又多抽出一些来,搁在小茶几上,关门走人。

杨荷珍一直不相信有哭干泪水这回事。这一回,她不得不信。

哭到最后,任怎么擦眼睛,一滴泪也没有,嗓子干痛,不由自主地抽噎,干涩感和疼痛感就会从嗓子眼里源源不断地冒出来。她在心里劝自己,不哭了,做都做了,哭还有什么用?

哭泣算是强抑住了,却止不住有一茬没一茬的抽抽搭搭。紧急刹车,尚有个惯性距离,更何况这排山倒海般的生猛哭泣呢!

她从床上爬起来,将身下的浴巾卷起来扔进垃圾桶,不想看到那朵艳丽于中的红梅。原本是献给自己心爱的人的最珍贵的礼物,却沦为一次肮脏的交易。

500张挺括的大红新钞，夺走了她的贞洁，留下血和痛，还有无尽的空虚和落寞。在这间雅致洁净的客房呆立良久，她仿佛置身黑沉沉的荒原，前不知方向，后又无退路。

杨荷珍在自己的包里，有一个惊喜地发现，还有1000元。这千元巨款，无疑是他留下的正价之外的小费。来时，包里只有几个硬币，坐公交用的。平时，所有的家当就是一张校园卡，食堂打饭，超市购物，嘀一声，搞定。令她辛酸的是，就是这张赖以生存的校园卡，已被自己刷到个位数了。

惊喜还在延续——杨荷珍收拾停当，背个洗得看不出原色的双肩帆布包，取卡，关门，挤进电梯，到服务台将房卡和押金单递过去，转身离去，服务员喊道："还得找您钱。"押金1000元，扣除房费，还剩360元。这还算小费吗？算不上吧！是他被自己的哭吓蒙了之后，落荒而逃、丢下盔甲，就像自己出门前，丢弃的那块盛开红梅的浴巾。

9

终于有钱了。

杨荷珍头一回抬头挺胸，顿感人生视线都宽阔起来，漫步在胜利路步行街，这店逛逛，那铺看看，滋味悠悠，逛了一整大也不觉着累。她两手空空，什么也没买，虽说几千块钱在手，到要花钱的时候，本能的抵制着，冷硬地抑制自己，硬是不掏出一个子来。

天色向晚，不能再逛了，否则就挤不上返校的公交。就要离开步行街，杨荷珍回眸一瞥，目光被一款毛绒玩具拉扯了过去，紧接着身子也跟了过去。

这是一只硕大的龅牙兔，和 6 年前买的那个钥匙扣上的，几乎一模一样，只是按比例放大了。足有二三岁的小孩那么大，手感也好，柔软、细腻，抱在怀里，安心。

老板开价 500 元，杨荷珍价都不还，丢下 5 张票子，抱起龅牙兔，急急地离开。一路上，她觉着不是抱一个玩具，而是一个小生命。或者是自己抱它入怀时，已赋予它生命了，从此后就相依为命了。

这是第一次给自己买礼物。买的不是东西，是朋友、是心、是依偎，用来抚慰心灵之痛的。小时候，不小心摔伤了，奶奶会煨几个鸡蛋，补一补。

如今，伤在最隐秘之处，谁还会给自己煨鸡蛋呢？由此带来的心伤，谁会帮忙抚平？不指望别人，杨荷珍本能地将龅牙兔搂得紧些、再紧些。

它在，心安在。

10

如果不是林双凤对杨荷珍翻脸，四处追打，大家也许永远也不会相信，杨荷珍会傍大款。对林双凤而言，最大的敌人正是最好的朋友。这世道，怎么会这样？

突然有一天，林双凤回到了宿舍，对杨荷珍怒斥道："你这个不要脸的烂女人，连我的男人也抢。难道我对你不好吗，你为什么要这样对我？"

任她说什么，杨荷珍都低头不作声。她心里知道，那个男人是自己抢来的吗？他的手腕之高明，威逼利诱之熟练，哪是她一个清纯女孩能抗拒的呀？

林双凤对她挥舞花拳绣腿，柔弱中尽显暴戾和凶猛，像一头母兽。

杨荷珍开始还会躲、跑，后来，蹲在地上，逆来顺受，决不还手。若不是同宿舍的其他姐妹来拉开、劝架，她真有可能被打得生活不能自理。

那一夜，杨荷珍搂着那龅牙兔，哭到半夜，泪水像是把它洗了个遍。最好的朋友就这样失去了，这个世界，只有怀里的龅牙兔跟她最亲了。

一个人深陷低迷的时候，偶遇关注的目光，那惊鸿一瞥间传递过来的暖，就有一种无与伦比的重量。

这段时间，那个曾被林双凤指使三个男孩暴扁过的邓建民，频频来找杨荷珍。开始的时候，她还不好意思，毕竟伤过人家的自尊，心里有些过不去，婉拒过几次。她的冷，很快就被他的热融化了。

一个人的时候，杨荷珍就会以疯狂思念的方式，凭吊与林双凤的友谊，酸楚和郁闷随之而来。像是心有灵犀似的，她一难受，邓建民的电话就来了，轻声细语化烦忧。

恋爱是治疗心灵创伤的良药，在恋爱的滋润下，她慢慢恢复了原有的红润，笑也悄悄回到脸上。她找回了自己的生活，也急切想找邓建民来稀释自己傍大款的恶名。

和邓建民在一起，杨荷珍会情不自禁地想起上"商业广告"课的时候，老师讲过的那条关于打火机的经典广告语——不打不相识。和邓建民相恋后，她明白了一个道理，打，不是血腥，不是吴宇森导演镜头里的暴力美学，有时是缘分的开始。

和那男人，一次就得到数千元的补偿——是的，是补偿，她不愿意把这说成卖。这笔钱一举让她摆脱缺钱的尴尬。她小小地挥霍了一把，买了个心仪的大大的龅牙兔，软软的、憨憨的，知心、暖身，是自己的小心肝、小生命。

钱真是好东西。

可是面对和自己一样穷的邓建民，杨荷珍却讨厌不起来。莫非因为爱？难道爱情和钱一样，都是好东西吗？当爱情来临的时候，贫困退避到神经末梢，已无从感觉了。

打记事以来，杨荷珍从来没像现在这样开心过。她告诉父母，自己课余兼职做家教，有一笔稳定的收入，就不要再打钱过来了。她以优异的学习成绩获得国家奖学金。她收获到真正爱情；还买了一部笔记本，学习会计软件更方便了，就是经常上网影响到学习了。有钱、有爱、有成功，没有挨骂，这简直是神仙过的日子。

都说一个人难得十全十美。杨荷珍虽然表面上顺坦得一塌糊涂，但心里也有两件事堵得慌，一是和林双凤的关系没有松动，僵冷得让人心寒；另一就是"广告老师"徐立明居然也对自己发起猛烈的爱情攻势。

11

青春期里，没有爱情很没面子，多了也很烦人。

杨荷珍原本只想守着一个邓建民，甚至还想过实习的时候去他家拜见他的父母，可是半路杀出个程咬金，"广告老师"像缠树藤似的，紧紧实实地缠绕她不放，让她有窒息的感觉。

"广告策划"是门选修课，经管系有百余同学选修，平时来听课的也就一二十个。授课的是财经大学的研究生，来此兼职，赚些课时费，更主要的是攒点社会经验，内心还有一个更隐秘的愿望——多接触一些女生，为找个称心如意的女朋友打点基础。当然，后面这一条，打死他也不会实说。

杨荷珍没打算选这门课。她认为广告是骗人的，那些把人骗得云里雾里的广告，无聊、无耻，让人出离愤怒。当时她和林双凤好得跟一个人似的，林双凤喜欢广告，选了这门课，她也就稀里糊涂跟着去了。

一学期下来，杨荷珍连授课老师姓什么都不知道。这门课只记住了他时常提及的那句"不打不相识"，就好像这广告语是他原创的，视如珍宝。私下里，大家送他一个绰号"不打不相识"老师。

这课，杨荷珍只去听了两三次，考试照样过。所谓成绩，无非是把老师划的重点带到考场抄一抄罢了。大一上学期，还煞有其事地复习、记忆，下学期风气就彻底转向，再去认真读书、用心背诵，就会让人看成在犯傻。

如果不是买了一部笔记本，如果不是上网申请了一个QQ号，如果不是埋怨"好友"太少吁请室友紧急支援……杨荷珍和"广告老师"也许就这样在人海中擦肩而过了。偏偏有这么多"如果"以网络的名义，把走远的两个人又拉到一起。

有些事，光想是想不通的；有些事，任怎么躲也躲不掉。杨荷珍心想，说得好听些是缘分，说得消极一些，就是命中注定。

从同学那里要到他的QQ号，只加一次，那边立马就通过了，原来他在线呢。聊了不到一周，他借口来看望同学们，请同宿舍的姐妹吃了一次麻辣烫。临别，悄悄送她一部手机，并对她耳语道："以后不方便用笔记本，就拿它登QQ，我一刻也不能没有你。"

那边姐妹们起哄了："徐大哥，把你老婆带回去吧，我们先回去啦！"杨荷珍当然没有跟徐立明走，但也没拒绝他的手机，羞涩地笑纳了，转身和同学一道回校。

徐立明是天津人，还有几个月就研究生毕业。

他本科是在天津读的，谈过一个女朋友，考上研究生后，这段恋情无疾而终。在QQ上，徐立明喜欢将自己和前女友的隐私说给杨荷珍听，天天说不厌，像是在赏玩一件尊贵的古董。她羞得脸发烫，不好意思继续听下去，可一想起大一下学期的那次疯狂，心里像是无数只潮乎乎黑黢黢的蚂蚁在爬，痒得难受。

这时，她会扮成一个清纯如玉的小女生，问这问那，回应他的热情。有时故意地发些"啊？""怎么这样！""那样也行吗？"之类惊叹疑问词句，用新奇和震惊给自己涂脂抹粉。这艳丽的脂粉是一款催情剂，让那边说得更欢。

从QQ聊天看，怎么也想不到他是个硕士研究生，是个曾教过自己的兼职教师，简直是一个变态狂、暴露狂和色情狂。可面对这样一个狂人，杨荷珍没有拒绝，甚至夜里还梦见过几次。莫非，自己也开始堕落了，成了变态狂？

其实，从那次起，她就觉得自己不再清白，但不认为是堕落。有时为了摆脱某种困境，不管使什么手段，都不能称为堕落，那只是典当了困窘和脆弱的一方人生盾牌而已。

她一直这么认为。

12

林双凤因无故旷课太多，大二下学期，被学校开除了。

她没有再来学校，个人物品是她表姐代为收走的。那张床空了以后，大二也即将进入尾声，人心都飘浮起来，在这个即将告别自己的大学的时刻。这所高等职业学院，"2+1"教学模式是特色。大部分专业的学生，在学校学两年，去实训基地实习（做工）一年。毕业证是在一年后领取，实习期一到，大家都不得不离开象牙塔，奔赴做工一线。时候未到，提前散了。

这天杨荷珍收到一个快递。

寄件人是林双凤。拆开看，一条米色连衣裙静若处子躺在那里，泛着一层迷人的光晕。裙子下面躺着一个牛皮纸信封，里面是1000块钱。信封背后是林双凤的笔迹，上面写着："珍珍，千万别走我这条路。如果缺钱，我会帮你帮到底。千万记住，男人，没有一个好东西。作为女人，咱们要善待自己！"

感动？还是感慨？已分辨不清了。泪不争气地落下来，杨荷珍趴在床上抽泣了很久，暮色四起，黑暗是催化剂，把内心潜伏的伤感因子，一一激活。泪流干了，伤感却像一杯隔夜浓茶。她起身穿上那条米色连衣裙，往镜前一站，清纯可人，浑身上下散发出青春活力。

对着镜子，她在内心呐喊："从今天起我要重新做回好学生，做一个好女孩！我要去实习工地，用自己的双手养活自己。绝不靠那些臭男人们！"

她的美好理想没能维持到深夜，就像漂亮的肥皂泡一样，破灭了。

当晚，邓建民约她在清河畔见面。学校依河而建，河边杨柳依依，夜晚来临的柳阴下，成双成对的男女生往里面钻。大伙钻的不是树木，是温柔乡与激情乡。清河变成了十足的情河。恋人们像夜里长出来的一对对蘑菇，倚树势而生，交缠在一起。

以前杨荷珍和邓建民只在她认为安全的地方坐一坐，当然，也接受邓建民的亲吻和拥抱。他的手略有不老实，游弋在头上或者背部安全部位之外，都会被她坚决挡回去。

这个晚上，有些异常，邓建民夸她的裙子漂亮，人更漂亮，然后就说要带她去一个神秘的地方。这一次她没经住夸，飘飘然、欣欣然，头脑顿时失血，没有意识、没有意志，如入鸿蒙天地，混沌一片。

邓建民牵她来到学校围墙边上，这里树密幽暗人少，偶见打火机灿然闪烁，一闪三下，像是鬼片里长发女魔要登场似的。杨荷珍有些害怕，把邓建民搂得更紧了。这一搂，两人的心就贴上朦胧而浪漫的封签，要带着年轻的身子去往陌生的世界。

在一处松软的草地落座后，邓建民就吻上了她，抱她似乎比平时更用力，吻得热度也更高涨，有些灼人。她还不知道，就像开弓没有回头箭一样，启程就没有折回的路。

不知何时，他的手像神奇的小偷，从她裙底偷渡进来，她的地盘一寸一寸失守。心被人偷走了，失守的地，只任他开垦了。

她是坐在他身上完事的。这种做法，许大哥在网络上说过很多次，她终于和自己喜欢的男孩实现了。

事前事后两重天。之前，老有隔的感觉，事成之后，这"隔"字就从杨荷珍心的字典里彻底删除。"隔"删掉之后，她在内心稍作处理，耳朵去掉，添上虫字，就成了"融"了。她以为自己融入了他心里，因为，她完全把他融入自己的世界，心灵的、现实的，全部收罗。

杨荷珍像大多数女孩一样，把自己当成他的人了，左脸轻贴在他胸前轻轻地说："喂！"这一喂喂出小女人的无限风情来，感觉自己像是他的结婚很久的老婆，那么熨帖、那么自然。

她问："怎么老有人打打火机呢？"

见邓建明不言语，她兀自调侃起来："是不是像徐老师说的那样，不打不相识呀？"

邓建明发怒了，说："那个色狼，天天说不打不相识，谁不知道他经常来这里玩女孩子！告诉你吧，男生打三下打火机，就是想做那种事，如果被女生看到了，她就会迎上去，谈妥价，就做。"

杨荷珍彻底傻了。刹那间，爱恨急转，地动天摇。

她从他怀里腾地起来，质问道："怎么这样？那我们在这里做，算什么呀？还有，徐大哥不会那么无聊吧。你不能这样说他！"

邓建民不高兴，说："我不能说他？早就知道你和他关系不一般，说他到底对你怎么啦？"

杨荷珍气得转身走了，两人不欢而散。

13

那晚是一个梦，折磨得杨荷珍久久地心悸神伤。这个梦若没有邓建明的解释，怕是永远也不会醒来，那将折磨她一辈子。也许还有时间，时间会让一切沉淀，澄清混浊。

第一次亲密接触之后，似乎成了陌路，感情从火热迅速降至冰点。邓建明没有再来找她，短信电话全无。杨荷珍的痛苦如阴霾的天气，弥漫得太开，让人无处逃遁。

一个无聊的周末，杨荷珍抱着龅牙兔，一个人懒懒地躺着，蒙眬中听到手机响，拿起来一看，是邓建明发来的短信——"我在七天酒店开了房，你过来陪陪我吧。想你。"

又是酒店。

到那里去，能做什么吗？她联想到在网上看人家写的玩蹦极的感觉，从高空中垂直速降，然后又弹起，又掉落。跟邓建民恋爱的感觉，与这神似。哪怕再惊险刺激，杨荷珍也认了。现在的痛苦，只有见了邓建明，才能化解。她已深深地中了爱情的毒，而他是唯一的解药。

杨荷珍莫名地忆及第一次，那慌乱和急促、痛苦与绝望，初次就让她对那事没有一丝好感。无尽的痛苦、后悔，玉碎之后的绝望感和毁灭感，诸多不良印象，注定要影响一生。

又想到和邓建明恋爱细节，甜蜜和向往，心里涌动起一股暖潮。那一露天的夜，虽结局不欢而散，过程却是欣喜的，妙不可言。遗憾的是地点选得侮辱人，那是一个盛大而隐秘的"卖场"啊！

也是新奇，也是真爱，她穿着那件他喜欢的米色连衣裙去约会了。就算前面是万丈深渊，她也乐意往下跳。

在去酒店的路上，杨荷珍回了一条短信给他："只要你要，只要我有。我爱你。"

明知香水有毒，可杨荷珍的嗅觉已少不了这种毒了。为了爱，为了邓建民，她愿意抛弃所有而追逐之。这正合了邓建民的意。他要的就是这种效果。

他的情话伴随着或粗犷或温柔或短促或悠长的动作，说了一筐又一筐，她感觉自己像一块硕大无比的海绵吸取他的情话，吸收他的动作，受用、欢悦、流连不已。这一天，他们在酒店里缠绵了一天一夜，直到累得像两条上岸的鱼，才相拥而眠。

退房之前，邓建民用吻向她提出继续做爱的信号。

她说："下次吧，你太累了，也要注意身体！"

只有深吻回答她，然后，她的衣如暮春桃花一样片片离枝飘红。他们再一次做爱了。邓建民贪恋她身体的每寸土地，使出平生所有的力量和心气，耕耘着、开垦着，用一种今朝有酒今朝醉哪管他日只饮水的决绝气概。

杨荷珍穿好衣裳，理清妆容，要出门了，频频将鬓发往耳后捋。

邓建民说："珍珍，我想买个笔记本电脑，能不能借点钱给我？回家后，我向家里要，到时候再打到你卡上。"正是余韵悠然，浑身还是他的气息，整个人处在幸福晕眩后的空窗期。

杨荷珍二话没说，掏出银行卡来，交给他，并告诉他密码。她在做这件事的时候，心里只有一个想法，从此后不分你我，我的就是你的，你的就是我的，你和我之间，合并为一个概念：我们。

三天之后，杨荷珍才发现自己错得离谱了。

邓建民学的是装潢设计专业，不属于2+1模式，大三没有去实训基地做工，而是留在学校继续学习。学校有几个规模不大的装潢实训地，虽说不怎么正规不怎么大，但应付这几个班，还是不存在问题的。

勉强撑到了大三下学期，学校就甩包袱了。

且美其名曰，方便学生找实习或工作单位。大三下学期没有安排任何课程，他白天在外面打点零工，晚上回来。按理他已经在外面打工了，怎么还要向自己借呢？一刹那间的触动，让杨荷珍反应过来，猛地抓起那张卡配套存折去银行登折，才发现余额只有一块九毛六。那一万多块钱呢？全被他取光了！他买电脑需要一万多块钱吗？急急地打他的手机，传来一个冷冷的女声，您所拨打的用户已关机或不在服务区。

这可是开天辟地头一遭啊，过去从来都没有过这样的情况。他曾说过手机为她24小时开启，现在怎么就关机了呢？到他宿舍去找，室友说他早回家了，不会再来了！

晴天霹雳！

这就是自己深爱的甚至想要嫁的男孩吗？怎么就是一个骗色骗财的

大骗子大混蛋呢！杨荷珍顿时感到天旋地转，头脑一片空白。

她不清楚自己怎么回到宿舍，怎么上床的，只记得一直抱着龅牙兔，瞪大双眼，一夜无眠。她有些搞不懂自己，为什么不哭呢？天亮之后，杨荷珍算是悟过来了，哀莫大于心死，一个人绝望到了极处，是不会有泪，也不会哭的。

14

就在杨荷珍因爱情，深陷绝望之境的时候，徐立明适时送来关爱和温暖，而这就成了她的救命水草一样，她要攀着它，逃离苦海。

伴随失恋而来的失眠，让杨荷珍沉迷于网络，和徐立明的聊天已近乎网恋了。她甚至很失淑女地配合他的无耻。

他说：我想你了。

她说：我也想你。

……

居然潮湿如海，心也是水渍一片。堕落天使，无耻也疯狂。每晚下线，徐立明都会准时打电话来，网上调情余韵袅袅，化作电话那头幽幽情调，他的声音渐渐气喘如牛，声声唤："珍珍，我爱你！我爱你，珍珍！"听得她脸红心跳，缩在被窝里，生怕室友们听见了。有时，那边要她发出痛苦的呻吟，她也轻微地配合，一手握着手机，一手搂龅牙兔，脑海里浮现第一次那个男人的身体，还有邓建民的疯狂……

竟也情不自禁地满足了。

有一天中午，徐立明打电话过来说："出来玩吧，我在你学校门口。"

杨荷珍说："我正在复习呢！没空。"徐立明哈哈大笑，说："你们都是毕业班，复什么习，只要不交白卷，都能过的！出来吧，我带你去一个神秘的地方玩。"所谓的拒绝，只是礼节性地矜持，她嘴里在拒绝，心里正盘算着穿什么衣服见他更合适呢。

徐立明所谓神秘的地方，是酒店。这哪叫什么神秘，只是以神秘为名，行放纵之实罢了。男人怎么都这样，只知道把女人往酒店里带，没有创意，太过直奔主题了。

就在房门关上的那一刻，徐立明就将杨荷珍抱在怀里，热吻随之也落了下来。虽说同意和他进酒店，心理就做了相应准备，但没想到，会这样猴急。和邓开房的时候，两个人在一起看了很久的电视，看腻才一起去卫生间洗澡的。徐至少比他们大四五岁，怎么在这事上稳重不起来呢，从网络到现实，轻浮且表现得急不可待。还说有过女朋友呢。

已是初夏时分，空调还没凉下来，经他一抱一吻，两人都微微冒汗。徐立明说："你都出汗了，我来帮你脱衣服吧。"直到这时，杨荷珍才觉得到了真正关口，想起邓建民来，忍不住在他怀里哭了起来。徐立明受到惊吓，没想到她的反应会这么强烈，只好收手，把她抱紧，抚摸她的头发。

杨荷珍说："徐哥，我被男朋友骗了一万多块钱。他现在跟我玩失踪。你若是想跟我做什么，你会不会对我好？是不是也会不理我？"

徐立明赶紧说："不会不会。我会对你好一辈子的。"一边说一边用手开始拉她的衣裤的拉链。和他的嘴相比，他的手显得笨拙多了。杨荷珍有一种感觉，觉得他只是嘴上说说，网上发泄发泄，可能从未接触过女孩呢。接下来，他老不得要领，急得满头大汗，显得可爱极了。她轻轻地抚摸他的脸和后背，给他打气鼓劲。还是不行。她彻底明白了，他是初次，于是伸手去牵引。他泄气了，趴在她身上，一动不动，也不说话。

杨荷珍推推他说："去洗洗吧。咱们一起去洗一下。"

果真没出她的所料。徐的笨手笨脚、慌乱无措，暴露了他童贞的那一面。

不过，他缓过神来之后，很快领会要诀，和她一起享受了上天赐予的人生美妙。

分手之前，徐立明从酒店便笺纸上撕下一张，认真地写了一会，郑重地交到她手上。他说："珍珍，你跟了我，就是我的女人。到时候，你来天津找我。这是我家住址和电话！"

杨荷珍感动了，收妥字纸，主动抱起他，热热地吻、紧紧地抱，极尽缠绵。

15

暑假就要来了。

杨荷珍不知往哪去，打电话给妈妈，说要去浙江看他们。妈妈回复说，现在很忙，不要来。老家已空无一人，回村里，也只能到大伯家蹭几顿饭，吃多了，伯母的脸色也不会好看。索性就留在省城吧。学校宿舍是不可能再住，考试结束后第三天，就封闭了。她在封校之前，就把自己的东西打好包，搬到徐立明租住的屋里了。

他们像模像样地过起了小日子，一起买菜、做饭、逛街、上网看电视，晚上疯狂做爱，永不知足。这样的好日子，没过多久，杨荷珍发现一向准点的例假没有来。她搂着徐立明说："怎么办？我怀孕了。"他说：

"生下来吧。我回天津，就给家里说，我们结婚。"

既然这样，哪会想到去做掉，安心做起准妈妈了。她想，爱他就给他生个孩子。不过，想起来，心又有些慌，在和徐做之前，和邓也做了多次呢，这孩子会是谁的呢？

秋天来了，徐立明回天津，杨荷珍也在学校统一安排下，来到广州，进厂实习，不是做会计，而是在流水线做一名普工。说是三个月实习期结束，就会从普工中的大学生中挑选干部，可是到了三个月厂里就把他们辞退了。这时，学生们才发现学校是骗他们来广州，完全没有当时承诺的尽心尽责。

杨荷珍凭借自己在校时的优异成绩和对会计软件的熟练掌握，很快又找到新的公司，重新上岗了。大部分同学都回家去了，留在广州的只有少数几个家境和她一样的农村女生，杨荷珍非常珍惜这来之不易的就业机会。

杨荷珍是个瘦小的女孩，尽管怀孕在身，因为衣着宽松，又因为她的妊娠反应一直不明显，所以没有被同事工头发现。怀孕八个多月，肚子大了，再也瞒不过谁的眼。老板找到她，非常客气地说："你还是回家生孩子吧，公司随时欢迎你回来。"

办了辞工手续，杨荷珍给徐立明打电话，说："孩子快生了，我想来天津，好吗？"那边，徐立明支支吾吾，说："不太好，我妈妈不同意咱们结婚！"

怎么会这样？平时联系一直都很好呀，怎么一下就变成这样。

她说："徐立明，你怎么忍心丢下你自己的亲骨肉？你怎么舍得自己的孩子从小就没有爸爸呢？"

他说："杨荷珍，你给我少来这一套。你跟我之前，不是还跟过你前男朋友做吗？这孩子指不定是谁的呢？"

杨荷珍绝望了。

一个人孤零零坐在广州火车站候车大厅，手里握着一张开往天津的票。可是在她心里，已没有一个确切的终点了。也许是长期营养没跟上，也许是这个消息打击太大，她竟然昏睡在长条椅上。

醒来时才发现，自己随身带的包不见了。这让她感到十分害怕，火车票、钱包、银行卡、身份证全没了。怎么办？怎么办？怎么办？杨荷珍一个人在人来人往的站前广场，挺着大肚子，像个找不到父母的孩子似的大哭起来。

过来了一个男人，对她说："小妹啊，你哭什么啦？要不要买票呢？汽车票，深圳、汕头、韶关、江门统统都可以的啦！"

杨荷珍说："我不要汽车票。我要买一张去天津的火车票，可是我的包被人偷了。"

那人很爽快地说："小意思啦。我帮你买就是！"

果然，一转身的工夫，他就拿了一张火车票过来，说："小妹，今天的火车已经开走了，给你拿了一张明天的票，你看行不啦！"

原来，他是个票贩子，汽车火车票统统都能搞定。

接过火车票，杨荷珍感觉到世上不全是坏人，还是有好人的。她对男人说："我都不知道怎么感谢你呀！你真是个好人。"

那男人说："感谢什么呀！不用谢啦。你钱包被偷了，那晚饭怎么解决呢？晚上住哪呢？要不这样，我带你去吃个盒饭吧！"

吃饭的时候，杨荷珍从那男人眼里看到了让自己恶心的东西。这种东西，从夺走自己第一次的中年男、到邓建民和徐立明，都有过，她太熟悉不过了。她想起林双凤说过的那句话："男人没有一个好东西！"觉得真是这样。可以前，压根没把这话当回事呢。

票贩子陪她吃完饭，就带她去开房。打开宾馆的门后，他还假心假意地说："要不，你休息吧，我要回去啦。"

杨荷珍知道他帮了自己这么大忙，无以回报，也能肯定他现在需要什么，就对他说："大哥，你还是别回去吧。反正有两张床，你就在这里睡吧。"

票贩子很能顺着杆子往上爬的，说："晚上你一个人害怕呀？那好吧，我就留下来陪你啦！"

两人有一句没一句地聊了一会，票贩子的眼睛里像是在冒火，可他一直坐在另一张床上，不动。杨荷珍对票贩子说："大哥，来吧，没什么不好意思的。"

票贩子搂着她说："你真年轻，我从来没跟过你这么年轻的女人……"

杨荷珍挡住他，说："轻点，别压到我肚子里的孩子。"

票贩子爽快地应道："好好好，我会小心的啦。"

事后，各人睡一床。

半夜里，票贩子悄悄爬了过来，在她身边躺下来，侧身搂着她。一双手在她身体各处游来游去。她一动也不动，他以为她睡着了。当他的手抚摸她大肚子的时候，感受到她的孩子隔着肚皮在踢他的手，就说："小王八蛋，居然知道老子欺负你老妈，还踢我呢！"

暗中，杨荷珍被他逗乐了。票贩子就帮她脱掉衣服，侧着进入了。也许刚刚一笑让杨荷珍彻底放松，数月没近男色，加之刚才温柔的抚摸，潜睡在内心的欲望之蛇被彻底唤醒了。她居然达到了前所未有的高潮，禁不住大声呻唤起来。

他还在体内，她突然感到肚子剧痛，呻吟声更长更响亮。他明显是误解了她的声音，仿佛受到鼓舞一样，以百米冲刺的速度，像脱缰的野马在大草原上狂奔。

杨荷珍要生了。

票贩子吓慌了，赶紧打 120 送她上医院，帮她交了 1000 元之后，悄悄溜走了。孩子生下来，是个大胖小子。医院急催杨荷珍赶紧叫家属来交费，要不然停药、停止输血，对大人不利。杨荷珍如实说了。无奈之下，院方报警了。

通过监控录像，警方很快控制了票贩子，因为有一张价值 200 多元的火车票作为报酬，他们的行为被认定为卖淫嫖娼。杨荷珍急了，对警察说："不是这样的，我是自愿的，我要感谢这位大哥呢！他是好人，是帮我的忙！"警察只好把那票贩子放了。临走之际，那男人帮她把医院的账给付了。

这一消息通过小报记者传出去，马上传得沸沸扬扬。

第三天一早，杨荷珍刚刚睁开眼，就看到一个硕大粉红的龅牙兔，咧开嘴冲着自己大笑。会是谁送这个龅牙兔呢？正纳闷呢，林双凤从外面提着一瓶开水进来，走过来，低下身子，搂住她说："珍珍，你醒了呀。你怎么这么傻呀！你受苦了。"

出院后，杨荷珍在林双凤的租住屋里住了下来。她们之间，有过不快，但现在恢复如初，还是这个世上最要好的姐妹。

林双凤在夜总会里做出台小姐。杨荷珍闹着也要去。林双凤说："你老实给我养好身子！等孩子大点，你送给他爸爸。要不然，就送福利院，咱一个弱女子带不大孩子的。"

这一回，杨荷珍心里有一千个一万个不情愿，可还是顺从了她。听她的，自己才不会吃亏不会吃苦，杨荷珍打心里感谢上天赐给自己这么好的一个朋友。

是的，杨荷珍算是醒过来了，醒的不仅仅是身子，还有心。

卖。曾经觉得是个多么难听的词语啊，现在觉得是那么亲切，打心里悦纳它。是的，卖一次是卖，卖千万次，也是卖。卖过了，不再卖，人家不会说你善良；多买一次，也不会再有人泼污给自己，反倒为自己赢得一大笔钱。

她在心里反复默念：钱是个好东西。

16

度过3年黑无天日的暗质生活，杨荷珍回到老家。

她在镇上办了一所漂亮的幼儿园，比县托儿所还高档。她买了4辆昌河面包车，接送全乡各地的孩子。

她的幼儿园女孩多男孩少，因为她有一项奇怪的政策——男孩入园，每人每月交200元。女孩费用全免，还补贴书本、吃饭等费用。200块钱一个月，在这个乡村不算天文数字，至少也是一笔巨款了。有些人家，不出去打工，一年也就两三千元的纯收入，还不够这学费呢。

当然了，她还做了一件令所有人都无法理解的事，给每一个孩子都发了一只毛绒公仔——龅牙兔，一对长耳朵，三瓣红嘴，两颗暴露在外的大门牙，可爱顽皮，摸上去手感醇和，一看就知道不是乡镇集市上那种泛滥成灾的劣质玩具。

所以亲爱的朋友，你若是在这里看到孩子手上拎着个龅牙兔，那么毫无疑问，这孩子肯定是上珍珍幼儿园的。

（2011年）

延春堂

1

是春天了。

江南的春来得犹犹豫豫，像新嫁娘去夫家，走三步退两步，心有对未来的向往，更存对往昔的牵念，欢喜归欢喜，恋恋不舍总免不了。明明太阳当空照，万里无云春日融，晴暖花开草竞艳，转眼间，又淅淅沥沥地飘起雨丝来。

春风把藏在春叶后和云层里的寒气，撒向田野、抛向城市，阴冷，轻烟浓雾，弥漫开来。南方人管这叫"倒春寒"。这只是冬天恋恋不愿离去，将尾巴一扫，掉头回来，重访大地，借问人们还记得冬的模样不？

却是那么冷，比冬天还冬天。

车上开了暖气，林志感觉到爽身的暖意，收束寒战，挺胸坐正，颇有些志得意满。他穿过春风春雨，钻入车里的那一刻，感觉实在太好了。

"考斯特"是什么车呀，享受了首长待遇呢。

锃光瓦亮的"考斯特"行进在赣北大地，两旁是绿得耀人眼的山林，浓墨泼就的草树，苍翠欲滴，好似灵动的绿仙子曼妙的舞姿。

青山绿水是江西名片，而派发这张名片的手，却颤巍巍、抖索索，底气显然不足。支撑底气的是那白花花的银子、挺括括的钞票，而非旖旎的山水风光。要不然，人们怎么会让工业一点点吞噬掉那青山绿水呢，还不是钱在作怪吗？

山水让林志联想到自己，眼下哪是困顿二字所能涵盖？没有财气、没有底气，自然缺乏男人的硬气和骨气，生活也随之少了生气。

电话响了，林志很不想接，但响声十分执着，再不接，同车的人就要闹意见了，长途车是睡觉的好地方。手机杂音干扰一众人等的清清浅浅的梦，是会惹众怒的。

他按下绿色通话键，还没"喂"出声，那边就传来老婆刘凤娇的歇斯底里的狂叫："姓林的，你又死到哪儿去逍遥呀？星期天怎么不见人来看儿子，有你这样做爸爸的吗？管生不顾养，畜生啊你！"

林志早习惯了她这样的脾气，没事似的，淡淡地回了一句："出差了，回来再说！"

那边仍在狂叫："你这个没本事、没出息的家伙，还出差哩，你出个屁，又想骗老娘？下辈子吧！今天上午你再不过来，看老娘怎么收拾你！"

林志火了，狂吼一声："你给老子闭嘴！"

他断然把手机挂了。

"考斯特"戛然而止。

高速公路上是不能停车的，怎么会紧急刹车呢？

林志蒙了，难道这电话接得突兀，声音太了，让司机误认为车内有人吵架吗？环顾车内，大家确实都好奇地望向自己，不由得脸红了。尽管同行的人相互并不熟悉，从这通电话，不一定能探出子丑寅卯来，但林志还是深感自己家丑外扬，让人看了笑话去。丢丑丢大了。

车门开了，上来一个身披一袭月白风衣的女子，长发的发梢沾惹春雨，重重地落在肩上，一绺一绺的发丝，微微上翘，很调皮的样子。她摘下鹅黄色的绒帽，头顶松软的发，如瀑般飘下，轻逸飞扬。细瞧来人黑亮秀发，林志基本稳定了情绪，平复了慌乱紧张的心，笑意在脸上舒展开来。停车跟自己打电话无关，原来是这个大美人要上来。

他为自己的杯弓蛇影而羞赧。

前面就是收费站，"考斯特"缓缓启动，慢慢挤进通关的车队里，轮到过关，栏杆快速落下，而车并没停下，还是溜着走，眼看就要闯关了，栏杆竟然徐徐升起。刚上来的那个女子，朝岗亭里那个笑眯眯的男收费员打招呼。她的声音很好听，笑得很甜。美女不愧是美女，居然让高速公路收费站的男人乱了方寸，不交钱就放行了。

"考斯特"加大油门，快速前进。

望着窗外倒退成丝成线的景致，林志犯起迷糊，跌入茫然与好奇交织的泥潭中。她是什么人呢？怎么会有这么大的魅力啊？这么想着，白衣女子竟然凑了过来，坐在他身边的空位置上，放妥大包小包，从小坤包里掏出一罐木糖醇口香糖，笑盈盈地递了过来，笑眯眯地说："喂，吃糖吧，呵呵！"林志打开手掌，托住两粒纯白的口香糖，应了一声："噢，谢谢！"一把放进了嘴里。

白衣女子走上过道，给车内每一个人发糖，认真地说："老师，请吃糖！"

林志在这白衣美女面前，没有受到"老师"的待遇。在这个由陌生人组成的临时小社会里，没有被尊称为老师，不经意的一声"喂"，其实是隔阂的消除，给人的感觉就是撤除心篱后的放松和自然。

林志莫名地有些兴奋，将老婆带来的气恼一扫而光。

都说秀色可餐，其实，秀色更能让心烦的男人，打开心窗，让阳光透进来，心情如春光一样渐次明媚。她的主动和热情，让林志有燃烧的感觉，仿佛回到清纯的恋爱时代。

就两粒口香糖而已，居然有梦幻般的效果。奇怪。

就在他心猿意马的时候，她微微地转身，面对着他说："我叫曾丽晶，你呢，怎么称呼？"

林志不太习惯这种明显带着好莱坞爱情电影式的浪漫开头，强抑了抑自己狂跳的心，淡淡地回了一句："你是导游吧？"

林志的答非所问，让她狂笑了一阵，平静之后，她撩了一下耳旁的发丝，带着一丝凉意地说："不是啊，也是来开会的。"

发觉自己自讨没趣吧，曾丽晶屏声敛息。

车内除了发动机的轰鸣，沉寂无声，各自只管嚼嘴里的口香糖。

2

第一次吃口香糖，是因为一个女孩。

那时，林志已大学毕业，分配在一所中专学校上班。从校门到校门，教室宿舍食堂三点一线，一成不变的生活，平静如水。清汤寡水的日子，他并没有感觉乏味，因为每月都能盼来女友寄自九江的情书。爱情是生活最好的调味品。那时，她读大二，两人情深意浓，痴痴相恋。

他们是高中同班同学，她复读了两年，才考上大学。曾经亲密的一对，中间无情地隔着两年的时光。相恋的人，不怕天远地远，就怕一段时光横插中间，那是一道天河，再亲近的两颗心，也渐生罅隙。

林志当年读书是玩命。那时，成绩不好将面临留级，那是对后进生的惩罚。他从小学起，一路绿灯，直到大学毕业，从未留过级。扑克牌有一种玩法叫"跑得快"，谁把手上的牌先出完，谁就是上游，就是当之无愧的赢家。在所有同学当中，林志跑得最快，率先大学毕业，成了众人眼中当之无愧的佼佼者。

惊回头，身边已没有了熟人，没有可以交心的铁哥们，更别提什么红颜知己。小学同学离散后，城乡之隔没有来往，初中高中同学音讯全无。大学同学一毕业，都分配到全国各地，打个电话都嫌话费贵，藕断丝连，只有在梦里。

最让他伤感的是，不知不觉中，美好的初恋也不经意间遗弃在身后的紫陌红尘。女友间或来信一封，是他与过去弥足珍贵的联系，见证美好的历史。

初恋最纯净，也最让人难忘。

林志将初恋放在心灵世界最高位置，将恋人视为女神，比自己的生命还重要。他对女友呵护有加，自己穷点不打紧，总要俭省一些，从牙缝里抠出那么一丝一毫来，寄给九江的她。

林志的生活，用一个来形容，那叫难，用两个字形容，那就是很难，若是再多加一个字：没法活。一个月不到200块钱，分房的最后一线希望破灭了——国家毅然决然地启动房改，搅动商品房大潮。依目前的收入和房价，要63年后才能买到100平方米左右的房子。他挤在学生宿舍楼里，居住条件比大学读书时还差。不禁忧中从来、苦闷难当，一切的不顺都化作笔下的文字，倾诉给她听。

一边受他的资助，一边又要听他女人般的絮叨埋怨，她对他感情渐趋分裂。她的回信稀疏得如同深冬的树叶了。不明就里的林志，花高价买来电话卡，到学校门口的公用电话亭，往九江挂长途。她的声音还是那么甜润，对他的关心一如既往，但他还是嗅出了异常的味道。听话听音，情侣之间，心的裂缝，往往从声音里爆裂开来。

林志不能囹圄下去，买了一张火车票，火急火燎直奔九江而去。

到达她的学校，已近黄昏。站在她宿舍楼下，一个人悲壮地狂喊她的名字。没有任何反应。不多时，楼上传来女生阵阵耻笑，上面有人咒骂："神经病啊！吵死人了！"陆续有同学打饭提水洗澡上自习，在人来人往中，林志感到异常孤独，呆若木鸡，颓然坐在地上，头眩晕得厉害。

等到月亮都出来了，她还是没有出来。

那一刻，林志方才体会到什么叫失恋的滋味。聚集多时的异常，汇合到今天，他才算是认清了源头。

初恋往往都是绝恋。因为初恋时不懂爱情。从初恋步入婚姻的几率，比买彩票中 500 万大奖还难。初恋时，对爱情和爱人，心存太多严苛的要求，且不能向心上人坦言，这比剑走偏锋还惊险。爱情需要甜蜜作土壤，而不是惊险。这些道理，多少年后，林志才总算明白过来。

月明人稀时，她下楼了，冲他冷冷地说："你来干什么！？"

语气里已闻不到一丝爱的气息。大老远来，一心只为见她一面，见面后竟然是这样，心像是被她用刀片划开了一般疼。

林志绝望了，扭头就走。

她从后面跟了上来，礼节性地说："你还没吃饭吧？要不，带你去校门口小吃店随便吃点东西吧。"

木然地跟着她，两人一前一后，往校门口走去，一路上，肚子咕咕直叫，是真饿了。等她的时候不觉得，现在，自身的不适全出来了。

她看着他吃完一碗雪菜肉丝面，淡淡地说："你不该来的，我已经有男朋友了。"

林志茫然不知所措，呆傻了一般。

她接着又说："我有什么好，哪里值得你喜欢？以后，你走你的阳光道，我走我的独木桥吧！你寄给我的钱，毕业后我一挣了钱，一定会还给你的。"

林志说："钱就不用还了。既然一切都可以抹去，那债，今夜就两清吧。你坐这等一会，我去去就来。"

林志去到校门另一侧的商店，买了一包口香糖，撕出一片，放进嘴里，狠狠地嚼了起来。急急赶回小店，可刚才的位置已空空如也。

她走了。

林志一边嚼一边等，直到嘴里嚼出蜡味，她也没有出现。猜想她再也不会出现了，就这样消失在时光里。实在不甘心，他又去她宿舍楼前碰碰运气。

他刚在一棵硕大的古樟下站定，一个娇小的黑影就扑了过来，紧接着两片温热柔软的湿唇轻贴上他的嘴，先是试探性地抚触，然后，轻柔地含着他的上下唇，最后湿滑香嫩的舌在他齿间小心试探着，并顺势探入口腔。

林志木然接受她的吻。

这是他的初吻。后来每每回忆这一情节，都断定她不是第一次，因为感觉她太娴熟了。

学生下了晚自习，嘈嘈杂杂，人声鼎沸，惊扰了他美妙的初吻。

她倏地离他三尺远，对他严厉地说："看见你去买口香糖，我就知道你想什么了。现在，你满足了，也请你以后不要来打扰我了。我现在的男朋友对我很好，我非常爱他。毕业后，我会跟他去他家那边的。"

她已铁了心要嫁鸡随鸡，男朋友上天入地，都要跟他走。一转身，她消失在灯光明亮处。他的心，一点一点，在秋夜里暗淡凉透。

他不知道这个初秋的夜，如何挺过去，一气之下，将那包吃剩的口香糖远远地扔向高大黑漆的香樟树叶里。哗的一声，穿过密叶，声音是那么凄凉，最后噗的一声落在了地上，像极了此时他心碎裂的声音。

一片口香糖，一个吻，初恋彻底画上了句号。

从此，林志再也没有嚼过一粒口香糖。

3

一边嚼口香糖，一边跌进甜蜜又痛苦、美好又伤感的回忆里，一股比怪味豆还怪的滋味，在心的味蕾上翻江倒海。

和当年的口香糖不一样，曾丽晶给的是罐装的，一粒一粒，乳白色。林志原本想拒绝，但心乱如麻，不知如何是好，良久才慌乱地伸手，开掌，煞是热情地去接。再说，面对这么漂亮的女子，拂人家好意，也不够厚道，显得不够大气。

时隔多年，再嚼口香糖，林志当年撕心般的失恋痛苦已淡如烟云。越嚼味越淡。淡而无味，林志吐出口香糖，用纸巾包好，移身丢进垃圾箱。坐回来后，他肆无忌惮地打量曾丽晶，带着欣赏的心情，品读她，心间漾起一圈圈甜蜜的涟漪。

女人味、女人味，此味在曾丽晶身上，是清甜的。她的唇小巧且不失丰满，虽算不上红润，但有股天然的吸引力。那一刻，林志有亲吻她的冲动。不久前，他看到一则关于男人的论述，说有些男人天生多情浪漫，初见女人，就想吻人家；有些男人天生如动物般凶猛，第一次见女人就在心底盘算能不能搞上床。在男人眼里，女人只有两种，能吻到的和不能吻到的，或者，能上的和不能上的。林志自我感觉还不及动物凶猛，见了曾丽晶好感归好感，断不敢想上床之类的东西，污秽不堪。按照他的思维定势，没有爱情导航的上床，都在污秽之列，没有美感，自然就没有好感。

可是，林志真的很想亲吻她，吻是形而上，还是形而下呢？想到这，不禁笑出了声。

曾丽晶扭过头来，笑问："你笑什么呀，说出来，让我也一起笑笑嘛。坐长途车很烦人的，你就当解解闷吧。"

林志很快想出了捂盖子的办法来，悄悄地对她说："我在笑，天底下怎么会有这么巧的事，你长得跟我初恋情人一模一样呢！"

哪知她顺着杆子往上爬，接茬道："你不知道呀？我有一个失散多年的妹妹，也许，你那初恋女友，就是我的同胞妹妹呢！"

林志也不是吃素的，笑着说："我的初恋女友是独生女，看你这马屁拍的。我跟她无缘，要不，你当我女朋友，怎么样？"

曾丽晶小嘴往上一翘，可爱到绝杀的程度。

她说："小心回家老婆敲你的头啊！"

女人骂男人分两种，一种是骂得人背脊发冷，另一种呢，则骂得人心头和暖。曾丽晶的这一句骂语显然是后者，让林志迷糊得不知今夕是何夕了。

车到了一处服务区，导游冲大家喊："唱歌了，唱歌了！"

林志没搞明白要唱什么歌，就问曾丽晶："停车去唱歌？唱什么歌？"

她笑得前俯后仰，一会儿撞前座靠垫，一会儿碰后座靠背。她说："真落伍！唱歌，就是去 WC，明白不？"

他老实回答："不明白！"

然后，他跟着人群，下车直奔厕所去了。真有些憋不住了，早就有些难于控制，却说不出口。回头一瞥，曾丽晶端坐在位子上，一动不动，冲他一笑。他有些丢魂了。就这一刻不能见着，心竟生出一丝不舍来。

从厕所出来，在水池前接水洗手，林志发现曾丽晶也在旁边，用手往额头浇水，然后，用纸巾擦拭。显然，她没有上厕所，只是来洗脸。

林志取笑他："原来你是豆芽菜，坐个车就头晕？这么冷的天，还用冷水浇脑门，哈哈！真羞人。"

曾丽晶也拿他逗乐，说："就这一时半会，你也要上厕所？十有八九是肾虚吧！看你脸都红了，还心虚呢！"

"我才不心虚呢。"

"你就心虚吧。戳到了痛处对不？男人宁愿心虚，也不能肾虚。哈哈，可你两样都包圆了。"

跟女人开玩笑，多半没什么好下场。林志再多十张八张嘴，都逗不过她了，心一急，抓住她的双肩，像按摩院的师傅那样，在她肩上柔软处不轻不重地掐揉了几下。算是警告，或者说，试探。如果她尖叫，引来众人关注，算是彻底翻脸了；如果重重反击，白他的眼，或者用手回拧，基本上就终结了自上车以来自然凝聚的从友好到渐趋暧昧的氛围；如果她一声不吭，扭头就走，这戏也算唱完。

预想的三种情形，一个都没有出现。

曾丽晶回头一笑，柔眉顺眼，对他警告："你再这样，小心我告诉你老婆，敲碎你的狗头！"

因为她的骂，林志竟莫名地渴望做一回狗头。

林志是怕老婆的。曾丽晶再度搬出老婆来实施高压，带来的不适感，快要将他窒息。但惊喜之情，迅速冲淡内心的不适感。他觉得只有一个成语能形容此刻的心情：心旷神怡。

好戏在后头。

林志也不知打哪来的勇气，婚后第一次做出了出格的举动——伸手抚摸了曾丽晶长长的头发！他想破胆也没想明白，怎么会这样？怎么会有这胆？他上车后半天都不敢相信，那个大胆的人到底是不是自己。

曾丽晶也不恼，也没再搬出他老婆来恐吓，只是白他的眼，轻声责怪道："神经，小心被人看见了。"从这话里，林志读出另一层含义：只要没人看见，再出格一些，也算不上什么神经吧。

同车人见了，眼神就色彩缤纷了，个个拿他们开玩笑。有说："你们俩太很投缘了吧！"有说："干柴遇见烈火嘛！"有说："小心一把火烧大了，扑不灭呢！"也有说："唉，还是人家有福气啊！咱也想艳遇一回，也没这本事。"有酸劲，有火力，有忠言，也有怨语，是一盘五味杂陈的什锦菜。

上车后，林志和曾丽晶坐到了同一排的位置，肩挨着肩，聊着聊着，两人挨得更近了。间或佯装生气，你捏我一把，我拧你一下，比朋友更亲热，与恋人比只差些火候，但已然看不出是一对刚认识不久的男女。

有些人，相处几十年，相对无言，冷若冰霜，比陌生人还陌生；有些人，一接触王八看绿豆对上眼，对了味，缠绕得紧。缘分这东西，真的很难分辨，无以言述。

第一次为一个初识不久的女人而心动，第一次相信这个世界还真有"一见钟情"存在。因了相见太晚，林志第一次后悔结婚太早。他正要把这个想法告诉曾丽晶的时候，会议开始了，只好写在纸条上传给邻座的她。

曾丽晶只回了两个字：神经。

告别学生时代已多年，那时晶莹剔透的"递纸条，写心语"做法，又回来了。由神经起头，他们把会议发的软皮抄全撕下，写了字，相互传来传去。乐此不疲。

纸上打情骂俏，带给林志的是全新的感受。

4

所谓的会议，只是给旅游找了一个堂而皇之地借口。

一天在路上，半天开会，三天半旅游。以开会的名义游玩，已是众人皆知的秘密。对此，林志早有所耳闻，真正参加这样的活动，还是第一次。满是新奇。有便宜摆在面前，不占白不占，感觉超级棒。

能参加这次会议，林志要感谢电视台的钱明龙。

正如妻子看透的那样，林志要想公费游玩，哪怕出个公差，恐怕也只有下辈子才能轮到。林志只是一位再普通不过的报纸编辑，每天编两个国际版，偶尔别人请假或出差，匀过来一两块版子，编发本地新闻。别人朝九晚五，他是晚五凌三，下午五点上班，深夜三点下班，有时老总签版签得晚，还得推迟下班，遇上紧急情况，通宵达旦也是逃不过的家常便饭。

林志从来都不敢以编辑记者自居，对外只敢说自己是"文字民工"。他没有"三金"，没有正式工那样耀眼的工资单，甚至没有法定的休息日。民工遇到拖欠工资之类的烦心事，还可以找报社来申诉，而他们这帮打工记者，没有节假日、没有保障、没有加班工资，甚至有的女记者生完孩子回来就没了岗位彻底失业，却是求告无门，有冤无处申。同事开玩笑说，真是比窦娥还冤。

一切只因没有编制。编制内外两重天。

干得比蚂蚁多，累得比牛狠，吃得比猪差，收获得却比蜜蜂少。这就是林志的写照。

男人穷，女人就瞧不起。老公穷，老婆就会嫌弃。

在家里，林志的地位从来就没有高过。别人问他，在家你们谁管事，林志说："大事我管。小事就让老婆做主。"还以为他牛气冲天呢，其实，自打成家，他家就没发生过大事。

横看竖看，林志就一窝窝囊囊土里土气的小男人，姻缘巧合，娶到一个各方面都十分出色且家境背景都极好的老婆。自古丑女嫁帅哥，穷汉当驸马，阴差阳错的事，多了去了。提到林志，人们都夸他好命好福气，牛粪头上揽来一朵鲜花插上，美滋滋的。

在老婆面前抬不起头，在单位里也矮人三分，日子过得没油没盐没滋味。

所幸在个春天，遇见了钱明龙，才有了第一次做主的机会——未经老婆同意，径直前往庐山开会。

钱明龙是一个超级懒的家伙。他闲来看报，读到一则关于一个下岗女工用毛线编织了一块 1500 平方米的超级大壁挂的消息，觉得挺新鲜，值得在电视上再炒一炒。于是，给报社打电话。作为临时代班编此条新闻的编辑林志接到电话后，立马跟采写此稿的记者联系，要到了下岗女工的电话号码。做这样的二传手，林志也不是一回两回了。帮人要到新闻当事人的联系方式后，对方都会客套一番，说有机会，一定请吃个饭什么的。但事后都音讯杳然。这也习惯了。举手之劳奢谈什么盛情款待嘛。

钱明龙却不一样。之后没多久，他真的打来电话，报了就餐时间和酒店名包厢号，语气之诚恳切，态度之坚决，不容林志说一个不字。去了才知道是"鸿门宴"。食毕，钱明龙提出要林志帮忙写稿子，就是下岗女工做编织的那些事。

钱明龙说："电视不比你们报纸，你这么一个高手随便写写就行了。我们讲求画面感，对文字要求不高。"一直以来都受尽憋屈，头一回受到如此礼遇，林志有些飘飘然，二话没说，满口答应。

曾经，林志也是写作高手。要不然，一无后台撑腰、二无钱财送礼，怎么可能进入人才济济的报社呢？当然有人走后门进来，但林志光明正大，走的是"绿色通道"。

老总看中他的才，可无法给他与之能力相称的报酬，报社对编外人员的薪酬，早有一套严格的规定。爱莫能助。老总时不时地会表扬他几声，这让他铁了心要在报社待下去。跟他一起进报社的人，大都走光了。人家在采访的时候，会多留一分心，积蓄人脉，为自己抽身而退做准备。林志一天到晚只关心国际大事，哪有时间和机会为自己的前途命运着想呀。

都说女人爱慕虚荣，其实男人遇上虚荣也是插翅难逃。而且一旦虚荣了，男人跟女人比，有过之无不及。老总几句表扬，林志的虚荣心就得到得到很大的满足，才不顾工资低廉，铁了心要在报社干下去，铆足劲为那几个少有读者关注的国际版卖命。

钱明龙为林志唱高调，让他在友情的背景下，又虚荣了一回，感觉很受用。

男人一旦虚荣起来，是愿意豁出去的。女为悦己者容，而男人完全会为悦己者赴死的。有实力的男人其实不屑于虚荣，真正贪图虚荣的男人，大多和林志差不多，走背运，没混出好光景来。

后来，钱明龙在别人宴请他时，顺便也叫上林志。吃吃喝喝间，两人的关系越来越亲密了。都说酒肉朋友不怎么样，林志却感觉不错。他甚至觉得，钱明龙是好朋友的典范，和他的友情应该是这个社会友谊的范例。

春寒料峭的一天，钱明龙打电话给林志，要他收拾收拾东西，马上有车来接去庐山玩。这可是好事呀。马上打电话给老总请假。他一向是好员工、好编辑，从来没请过什么假，老总二话没说，就答应了。这边刚办妥，那边钱明龙又补充道："你以我的名义参加，就说你叫钱明龙。"

林志不高兴了，哪有这样的事，一口就回绝了他。

过一会，钱明龙打电话说："好了。就以你的名义哈，但你一定要说是电视台的，这样行吧？"这还差不多，冒名顶替，实在不雅。但以自己的真实身份，去替朋友开个会，还是蛮好的。

一辆开道的警车引导"考斯特"停在报社门口，此时，正是上班高峰期，林志拎着一个行李包，在同仁异样的眼光中，跨进了中巴车。

那一刻的感觉好得无法形容，就像当年他接到大学录取通知书一样。

5

会议快结束的时候，服务员走到林志身边，悄悄地说："先生，后面有位领导找您。"顺着美女服务员手指的方向，林志看到了一个风度翩翩的中年男子，正冲他微笑。林志受宠若惊，心怦怦直跳，颤颤悠悠走过去。他只是替人来游玩的，没想到居然还有领导找他谈话，是不是被人识破，要被驱逐出会？

这些钱明龙可没跟他交代。林志没见过什么世面，顿时，浑身僵直，怯得直打战。他除了接触过处级的报社社长、总编，没接触过其他领导，更别提更大的官了。这个领导会是什么人，什么级别，找自己会有什么事呢？一路疑问，一路揪心。

林志走到领导面前，先听到那人说："你是林志，钱记者的朋友吧？"
林志鸡啄米似的点头。

领导伸出手来，紧紧地握住了他的手，然后说："欢迎，欢迎啊。你有什么要求，可以直接给我打电话。这是我名片。一路上条件简陋，照顾多有不周，还请多多包涵啊。"

接过名片一看，领导的头衔是副厅长。林志从钱夹里掏出自己的名片，递给副厅长。他有些低声下气，说出来的谢谢，细若蚊声。

跟着厅长出得门来，一位女工作人员走了过来，递给林志一个不薄的信封。厅长说："一点小意思，请笑纳。"这一回，林志很大声地说："谢谢，谢谢厅长。"他没有推拒，直接把他收下了。他很清楚，此礼再厚也不是自己的，全靠朋友钱明龙的面子才得此优待。林志想，先收下，回去后再把这个信封原样交给钱明龙。

回到座位上，曾丽晶睁大眼睛，非常吃惊地看着林志。他有些不自在了，问她："我脸上是不是长什么斑了，你这么看我，怪吓人的！"

曾丽晶说："你跟我们厅长那么熟悉呀！他招你去谈了什么国际大事吗？"

林志什么也不说，再说，对于副厅长和那个信封，确实也没什么好说的，索性什么也不说。

曾丽晶见他不言语，更来劲了，逗他："林志你这个电视台的大记者啊，我真的要仰视你了，居然跟我们厅长混得跟哥们似的。有机会，一定要给我引荐一下，让我等也沾点光。"

林志更不知从何去解释了，百口莫辩，仍旧保持沉默。

曾丽晶的兴致高涨起来，一边用肘捅他，一边大声说："林志同学，真没想到你默不作声的样子，很酷很MAN，魅力无穷耶！"

林志被逼得无路可退，只好老实交代："有些事，不是你看到的那样。眼见不一定为实。我真的不认识你们的副厅长，从来都不认识。而且，我也不是什么记者，只是一个替朋友来开会的。我那朋友跟你们副厅长关系好，但跟我没一点关系。"

曾丽晶说："你就瞎吹吧。我们厅长是你朋友的朋友，那不就是你的朋友啊！没必要争辩嘛。你越回避，我越讨厌。不理你了。"

散会后，曾丽晶真的不再搭理林志了。视若无睹。冷若冰霜。有几次，曾丽晶给大家发口香糖，生生把林志漏了过去。林志备感失落。

失去了曾丽晶，好像天空塌下了一半，无聊充斥着四周。除了她，林志没有一个可以说上一句话的人，鼎沸人声中，彻骨的孤独一点点侵蚀他，浑身不自在。

会是高管方面召开的，有高速交警配合，所以尽管级别不算太高，却也能做到警车开道。会议目的是培训本系统宣传口员工的写作水平，顺道也叫上一些经常打交道，甚至有些交情的媒体记者，额外奉上一些好处费，然后一起游玩。

所幸的是，林志没有发现自己报社的同事，对于其他人，一个也不认识。既然曾丽晶冷若冰霜，他不得不找别的人瞎聊，一聊还能聊起劲。所谓陌生使人大胆，说得很在理。可是每每与人闲聊时，心里想的还是她，眼前老浮现她那张笑眯眯的脸。

可以望见人，却说不上话，真可谓咫尺天涯。怪的是，越是这样，心里越惦念着她。

站在对面思念一个人，感觉是怪怪的，林志自己都有点想不通自己了。

6

早就嚷嚷要来庐山，却没有一次成行。

总以为，庐山就在本省，抬脚就能到，所以每当机会来临，老下意识地往后推。直到去了华山、黄山、武夷山和雁荡山等诸多名山大川，林志依然未登上相距不远的庐山。人啊，总以为近处无风景，一旅游抬脚就跑到老远的地方去看景，生生忽略了近处的美丽。

到了庐山，林志被异常美丽的山景所吸引，深叹大自然的鬼斧神工。都说不识庐山真面目，揭开罩山云雾，看清其真面目，就是一个字，美。

在旅游道上走走停停，一路美不胜收，多少冲淡了对曾丽晶的思念。曾丽晶跟她的女同事有说有笑，开心得很，压根没把林志放在眼里，仿佛过去的一切都是虚影。

林志觉得女人太善变了，就像这春日恼人的天气，明明晴空万里，转眼乌云蔽日，风狂雨骤了。

没错的，庐山是个歇伏的地方。可是，春天里就冷得要命，比北方更北方。越往高处，风越寒，刀剐一样疼痛难忍。在含鄱口，实在抵不住风寒之苦，林志一个人躲在一块巨石旁，蹲在地上避风。没想到，曾丽晶先他一步，背对着他半蹲着。天赐良机啊，林志激动得说不出话来。他捡起身边一块小石子，不轻不重地扔向她。一颗又一颗，落在离她不远不近的地方。

曾丽晶扭过头来，恼羞成怒，乜着眼，见是林志，微微一笑，笑问道："你扔我干吗？"

林志不言语，继续扔，一粒又一粒。曾丽晶见他不回话，捡起石子回敬。不承想，不大不小的一粒石子不轻不重地击打在林志的脑门。

他哎呀一声，低下头，紧捂着额头。

曾丽晶走过来，连声说："对不起，对不起，我不是故意的。"掰开他的手，看看伤得多重。林志见她恢复了热情，顺势把手松开，风轻云淡一般，说："没事，你看是不是没事？"

不是没事。

林志的额头破了一层皮，而且迅速肿起一个大包。曾丽晶一边心疼地抚摸，一边道歉："对不起啊！"眼里潮湿，脸颊潮红，楚楚可人。

林志说："真的没事，知道你一时失手，不是故意的。我希望你不要不理我，那样我有心痛的感觉，比现在的头痛难受万倍。"

一番表白，让曾丽晶羞涩一笑，骂又不好，应承也不好，就那样干笑着。林志陪着她傻傻地笑。他们的笑声在风中传得很远，满山满谷都在回应。

人们都往前赶了，这个会议团只剩下他俩。

莫名地，林志心潮澎湃，也不知哪来的力气，一把将曾丽晶抱住了。她也不挣脱，任由他那样抱着。风还在刮，心里的暖流不停地翻涌。

追上大部队的时候，大家都坐在暖气十足的车里不耐烦地等候。见他们双双落后赶来，纷纷取笑："你们上演的是庐山恋吧？"

曾丽晶反应敏捷，对大家笑着说："各位老师，刚刚我们林老师摔了一跤，大家看看，他的额头都肿了。所以速度就慢了不少。对不起大家了。"

这解释也够搞笑的，林志摔跤，曾丽晶道歉，这是哪门子道理呢？

林志正想接茬辩解，手机响了，是老婆打来的。

那头还是那么凶："你个死猪头，还不给我快点死回来。你一个人逍遥自由，也不想想我的辛苦。哪天死回来？"

林志哼哼哈哈地应答，保证会散了马上回来，大约两三天后。

挂掉电话，林志很不自在。

曾丽晶笑道："你怎么那么怕老婆啊！不过，话说回来，怕老婆的男人一般都是好男人。你是不是好男人呀？"

林志无奈地摇摇头，恨恨地说："不是怕，是怕得要死。有时候，真希望她早点见阎王，要不然，总有一天，我会被她折磨死掉！"

曾丽晶很是惊讶，说："不会吧！你们夫妻关系会这样？不过你的这个想法，让我想起网上一句流行语来，'心中有座坟，葬着未亡人。'你是不是在心里早已给老婆挖好了一座坟，把人埋进去了？你们这些狗男人，没有一个好东西！"

林志有些无奈，不想把刚刚复燃的好情绪，浇灭了，只好赔了笑脸又赔不是，谄媚地说："我哪里又得罪了你吗？"

吃完晚饭，林志照着会务组发的通讯录上的号码，给曾丽晶发了一条短信：晚上去看《庐山恋》吗？

她马上回了过来：有个姐妹在身边，不方便呢。

林志又发了一条：我不管，我在酒店大厅等你。

足足等了一个半小时，曾丽晶也没有出现。而且，更气人的是，发短信也不回。林志拨打她的电话，她按掉了，后来，索性关机了。又不好意思打她房间的电话，他就痴痴地傻等。透过落地玻璃幕窗，看对面黑漆漆的山影，林志觉得看山如同看曾丽晶，都琢磨不透。

正要起身回房，曾丽晶下来了。

一起走出酒店大门，这个时候去看电影《庐山恋》，肯定没戏了。林志责怪道："怎么下来这么晚？电影都看不成了。"

曾丽晶说："谁答应跟你看电影了？下来晚，是我们同事在，不方便的，哪像你孤家寡人一个，无牵无挂，可以为所欲为呀！"

天晚，风寒，没个去处，他们就在酒店外面的小花园里的凉亭里坐。林志伸出手，欲拉曾丽晶的手，被她断然拒绝了。

她幽幽地说："是不是白天我太心软了，没有拒绝你。所以你又来占我便宜？还没完没了呢！"

林志说："不是的。对你，从第一眼起，就是你中途上车来的那一刻，我就有异样的感觉。我知道咱们都是有家室的人，千不该万不该不该喜欢你，但我实在控制不住。我真的打心里的喜欢你。"

曾丽晶说："谁告诉你我是有家室的？喜欢我，不是你的错。但你有老婆，你就不能动心啊。小心你老婆敲你的头！你怕不怕？"

林志觉得有戏，她没有提升到道德、责任和忠诚等高度，而是格外强调老婆那边的危险性。暗夜里，他露出一丝外人无法察觉的得意的笑。

面对曾丽晶的提问，他老实交代："怕。真怕。"

曾丽晶主动拉起他的手，撒娇似的说："说说你老婆吧，好吗？"

林志怎么也弄不明白，她怎么会对自己的老婆如此感兴趣。好在他对老婆也有一肚子的话想对别人说，婚后这么多年来，却苦于没有找到一个适合倾听的贴心人。

他长叹了一口气，仿佛唱歌之前，要清清嗓子。

7

林志与老婆相遇，源于一个交通意外。

在学校工作了 5 年之后，林志像是被一股巨大的无形的推力从后面推着，一步一步，滑进绝望的深渊。先是初恋失败，为情灼伤；之后，学校就颓败了，师生比达到 2∶1 的荒唐程度。一大批教职人员无事可干，有人趁机在校园里开辟菜地，种些时令菜蔬，以弥补生活之不足。生长旺盛的菜园，一片一片，更衬得学校日薄西山。

置身如此荒寒情境中，林志对几年前自己有幸分进省城心存后悔。

若是顺从当年的分配政策，从哪来到哪去，回到家乡工作，在单位干不了多久，凭借自己的写作特长，说不定早被县政府挖走，去搞宣传报道。以写作的本领成功踏入仕途的案例，他耳闻目睹得越来越多。

退一万步讲，不参加工作，直接回家种田，好歹还有田地可耕有屋可住，不至于沦落到今天无房断炊的地步。现状非常糟糕，而立之年，一无所获，压根立不起来。被生活判了"无妻徒刑"也就罢了，现在连国家分配的号称旱涝保收的公职也像鸡肋一般，食之无味，弃之不甘。

一个男人没有事业，基本可以断定，他没有钱，换句话说，没有未来、没有一切。

一穷二白的林志沉迷于生活的痛苦中，浮泛于无聊的日子里，一颗心茫然无所依。

好在那时，中国报业发展迅猛，林志在无聊的读报中，发现了招聘记者的广告，并从中嗅出未来人生的明亮气息。他不想就这样困守在毫无前途的学校，尝试一下走出去，或许会走出一条新路子来。

凭借一手好文笔，林志很顺利地进入了报社。

他在学校办了停薪留职手续，风风火火干起了记者。第一次采访的时候，他激动得连提问都有些结巴。好在受访对象见多识广，反倒宽慰起他来。应该说，这是一次非常成功，也是非常开心的采访，以至于他回报社的时候有些得意忘形。

他骑着一辆比铃铛还响偏偏又没有铃铛的破自行车，一路吹口哨，猛蹬车，耳边是快乐的呼呼风声。在报社附近一个巷口急拐弯，迎面冲过来一女人，破车没有车刹，林志习惯性地用脚点地，鞋子擦地发出一串令人心惊的闷响，车却仍没有成功地刹住。

女子一声刺耳的尖叫，把林志的魂魄都叫飞了。

如果是摩托车或者汽车，保准是人命大事故，好在林志还没富到那个程度，所以事件还有重见曙光的希望。

林志很快就缓过来了，把破车一丢，拦辆出租车，直奔医院。他掏空 5 年来所有的积蓄，全压给了医院。女子家属随后赶到，提的要求，让林志深陷于绝境。他们不需要林志赔偿，一心只想让他吃苦头。在派出所，警察也无奈地对他说："小子，算你倒大霉了，遇上她，你有得消受了。"

家属的意思很明显，一定要办林志去坐牢，至少也要拘留半个月，以示惩戒。

林志怎么也没想到，骑自行车会把自己骑进监狱。

后来当然明白，那女子的父亲相当了得，天天在报纸电视上露脸。有道是，不怕你有理，就怕你没人。再有理，也会被人搞得理亏。有人就不一样，没理，也会理直气壮。

结果是戏剧性的。

林志非但没有被投入大牢，反而和被撞女子刘凤娇，悄悄谈起了恋爱。

都说女儿是父亲的贴心小棉袄，刘凤娇执意要跟林志好，气得她母亲血压频频高位运行。得知林志来自乡下，又没有一个好工作，当个记者还是打工，典型的漂泊一族。这个穷小子，没有很好的过去也就罢了，居然连良好的现在也不具备，何谈美好的未来呢？

想到这些，刘家就来气，刘妈妈一声令下，一家人齐动手，如一堵堵的厚墙，强行分隔他们。刘凤娇以不变应万变，绝食相对，一招点中死穴，一家人都慌了神，只好依她。

爱情和爱人，踏破铁鞋无觅处，来得全不费功夫。

关于爱情，林志有过无数种猜想，却没想到会是这么得来，轻巧浪漫，极富戏剧效果，比最奇巧的电影还烧脑。

他沉溺于爱情海里，幸福得像要窒息。爱情是一块巨大的磁石，将精力、脑力、心力、体力和注意力等一干全吸了进去，林志工作起来恍惚，生活也凑合着，不知不觉人瘦了许多了。

一次，写稿时走神，出了一个很要命的错误，偏偏一路过五关斩六将，照样发表出来了。报社受损，首当其冲是林志，领导的意见是开掉他，否则无以平息由他导致的风波。但老总力保，林志才免受责难，换了一个岗位，到总编室做专职编辑。

一无悬念，快速步入婚姻之城。

婚后才发现，刘凤娇真的很配这么大气的名字，真如凤凰一般娇贵。脾气大，时不时吹胡子瞪眼睛，一不顺意，还摔椅子砸碗。而且动不动回娘家，甩给林志一个寂寞的背影，让他独守空房。林志赔上一万个小心和不是，也换不来老婆的好声气。

生活处处不和谐，这日子就过得太没意思了。

林志曾以净身出户为条件，提出离婚，被刘凤娇劈头盖脸地大骂了一通，还耍起了家庭暴力，他不得已跪在搓衣板上求饶。

她歇斯底里地吼叫："姓林的，当年老娘是以跟娘家断绝关系相逼来嫁给你的，今天你居然敢跟我提离婚？是不想活，还是怎么的！？"

林志被打蒙了，趴在地上，随口编了一个谎："我在外面有女人了！"

刘凤娇哈哈大笑，轻蔑地说："姓林的，就你还想在外面找女人？别做梦了！"

连自己外面没有女人都被老婆看透了，林志实在是自卑得不行。

经过这么一折腾，林志再不敢提离婚的事，太骇人了，只好低头过日子，若是气不顺，就先到外面顺顺平，再一个人慢慢走回家。

孩子出生之后，刘凤娇的性格朝着更坏的方向，又大踏步地前进了不少。在家里，林志深切地体会到什么叫度日如年了。以前，晚上熄灯之后，还能找些乐子，在夫妻亲密中稍稍找回往昔爱情的影子。现在，刘凤娇把他这唯一的生活向往和喜爱都毫不留情地掐死了。她以带孩子好累，孩子在不方便等冠冕堂皇的理由冷冷地拒绝。十提九拒，偶尔一次，肯定是刘凤娇遇上天大的好事，即便这样，也只是应付。

没有热烈的回应，在床上，林志觉得是自己一个人在唱独角戏。

所谓的鱼水之欢，所谓琴瑟和鸣，都是镜花水月，都像前尘往事一样虚无缥缈。

老婆天天骂他是头闷驴，一天到晚，不说几句话。后来，她借口忍受不了无言的冷漠，再说，孩子也没哪个带，就依风顺雨，带着儿子住回自己娘家。她要求他周六周日过来看看儿子。他没有反对。双休日的报纸由两个周刊撑着，两个相对独立的采编系统维持正常运转，所以新闻天天有，他们却可以做到双休。

住在她娘家，林志更是别扭的不行，倒不去奢谈什么家庭一分子，感觉还不如一个外人，地位比保姆还低一等。

没有女人的滋润，没有家的氤氲，林志感觉自己不像个男人，甚至不像个人，到底像什么呢？他自个儿就念叨着：行尸走肉。

那起车祸，当初他觉得是好大的事故。

现在才明白，真正的人生大事故，是随之而来的婚姻。

8

林志万万没想到自己会将情史家事一股脑儿全告诉她。有些事，已然是最忌讳说出口的私隐，却被林志当成倾诉的材料，和盘托出。

秘密是一根无形的线，串起两颗纯净的心。一个人把你当成知心朋友，多半从解密开始。交换秘密多的一对人，一定是这个世界最要好的朋友、最亲近的人。林志显然把曾丽晶当成这个世上最亲密最信赖的朋友。

曾丽晶感觉到他的无助，一个男人眼里，没有生气，呆滞如泥塑，这不是无助无奈，又会是什么呢？经这么一番倾诉，他的坦诚和真心——显现出来，在这个充斥浮躁和虚伪的社会，何其难得。

更何况，他们才相识多久呀！

曾丽晶有些担心，林志会顺着一条不正确的道路，以迷航的方式，走进自己的内心，或者被他强行拉上由他自行搭建的那座心桥，以胁迫的方式，被他拉进情感世界。她欣喜、苦恼、甜蜜、害怕、期许、向往……种种矛盾对立的情绪，纠缠着，像一群蚂蚁在心里爬，折磨得她又痒又痛，所以时而想陪他一起大笑，时而想和他一起抹泪。

她在内心呐喊：抵制、抵制、抵制！她只能选取一种态度——抵制，没有别的办法。

抬头间，曾丽晶从林志眼里读出了烈火来。她想此处不可久留，有些火，春寒是浇不灭的，但距离可以。曾丽晶借口天太晚，要回房休息，头也不回，走了。林志在夜里待了许久，有清泪噙在眼眶，毕竟，人生几十年，第一次遇见自己真心喜欢的女人，婚后第一次倾诉心中淤积已久的涩苦。

对着曾丽晶刚刚站立的位置，林志很神经，也很文艺化地轻唤："我爱你！"

回到房间，林志的手机收到一条短信："你爱你的老婆吗？"

是曾丽晶发过来的。

他不知道怎么回复，就将皮球踢了回去——"你爱你的老公吗？"单单这一句还不够探视她的内心，于是又编了一系列的问题——"你们还好吗？你是不是觉得我特别没出息？是不是在笑话我，现在已经笑痛了肚子？"

林志洗漱完，拿起手机一看，没有回应，歪在床上看电视时，等得实在不耐烦，就回拨过去。只听见冷冷的机器女声：你拨打的用户已关机。

那一晚，林志在一个梦里纠缠不清，手机短信提示音，滴滴滴地响个不停，拿起手机来，却见一片雪花白，闪耀得人眼发花。

一早，服务台的叫醒电话催醒了林志。

下到餐厅，遍寻曾丽晶无果，上了旅游车，他的目光比高性能的红外线扫描仪还利索，仍没搜到她的身影。车开到景点，林志仍失望复失望，好几次都想跟导游说少了一个人，曾丽晶还没来呢！又担心暴露什么，话到嘴边，还是强咽了回去。

曾丽晶发来短信，看后，让林志大吃一惊。

曾丽晶说，谁说我有老公呢？以后可不准乱说哈。我已下山了，愿你在庐山玩得开心！

曾丽晶下山了！？是昨晚连夜下的，还是一早出发的呢？莫非是自己的一番知心话，把她吓着了？林志赶紧发短信询问。她说，单位临时有急事，所以不能再陪你了。不要想歪了。我很珍惜你这个好朋友。

难道仅仅是好朋友？林志深感失落。

庐山真的很美。可是再美丽的庐山，没有曾丽晶在身边，也只是冷山一座。

直到旅游车开始从庐山盘旋而下，林志的记忆里了无山的印象，点点滴滴尽是曾丽晶——她的笑她的手势她的略带沙哑的磁性声音，恰似一幅刻在脑子的画，又像反复吟咏的一首抒情诗。

去时一场倒春寒，那种突如其来的冷，酽浓得像庐山云雾；回城时，融融春光、暖暖清风，一个正版的春天在大地生根了。花草很有秩序地萌生，林志的心却彻底乱了。

推开家门，林志没见到老婆刘凤娇，叫了几声也无人应答。眼角的余光扫到鞋柜，老婆的鞋全不见了，进卧室拉开衣柜门，空空如也，她的衣服一件也没有。偌大的衣柜子只剩自己为数不多的几身衣服，十分荒凉。

他大叫一声，响亮的回声吓了他一大跳。自从曾丽晶不辞而别，他的心就空空落落，而眼前空空荡荡的家，让他预感到，肯定有些不妙的事要发生。

到底会是什么事，有什么灾祸降临呢？林志身陷软软的沙发里面，头脑一片空白。

9

林志早料到了自己不在家的时候，刘凤娇是不会落家的。但他万万没想到，她此次回娘家会卷走自己所有衣物，头一回这么决绝，不留退路。

他用家里的电话打刘凤娇的手机，那边用一种极尽嘲讽的口吻说："我的大记者，你也知道回家啊！庐山那么好玩，怎么不多玩几天呢？有本事，学学人家蒋介石为老婆置'美庐'，你也开间'丽庐'啊！"

真是晴天霹雳！

莫不是她已知道了自己和曾丽晶的事？她怎么可能像无所不知的神仙一样，人在城里而洞悉山上的一切？

放下电话，林志心惊不已，不知道接下来如何应付老婆。转念一想，顿时满腔怒火，拿曾丽晶是问。他怒气冲冲打电话给曾丽晶，把来龙去脉说了一遍，那边早已笑得娇喘连连。在她的笑声中，林志感觉蓦然发现这通电话打得够荒唐够无聊的。

曾丽晶说："林志，你放一万个心好了，我不会干扰你的正常生活，绝对不会。我不是那样的人。你的遭遇，我十分同情，真的，你也许算不上一个成功的男人，但是绝对是个好男人。"

这么看来，刘凤娇所谓的"丽庐"，并不指向曾丽晶，只是承袭蒋先生的"美庐"，凑合成"美丽"罢了。人心虚的时候，很容易慌神，不出问题才怪呢。好在自己没和曾丽晶发生什么事，要不然，老婆三追四问，藏不住的马脚肯定会露出来。

不是油滑的人，有些场合，注定是应付不来。林志心烦了，应付这事，有些力不从心。真心喜欢曾丽晶，又没出息没能耐应付，今后，该如何面对？电话那么一训一问，曾丽晶会怎么看待自己呀？一定被她看扁了，说不定她正在骂自己神经病呢。

这么想了一个来回，林志从愤怒中慢慢恢复到对曾丽晶最初最本真的喜爱。而她对自己是好男人的定性，让他看不到希望。

如果被女人认定为好男人，就像买东西时顾客对商品夸赞一样，注定是不会成交的。在女人眼里，坏男人才是值得爱的，坏男人才是可以入心的。就像女人购物，若是百般挑刺，鸡蛋里找骨头，多半在心里已下了单。

行将失去自己深爱的女人，林志沉浸在痛苦之中，犹如10多年前的那场失恋，感觉自己已然被世界抛弃，正孤独地走在长夜冷寂的路上。

为了摆脱那刻骨的痛，他对她进行百般的诋毁，找寻她不值得爱的理由。比如，曾丽晶的头发虽说很细长，但老是打卷跟猪毛似的难看；眼睛清亮迷人，但是单眼皮缺乏传统层次美感；笑的时候，牙齿露得过多，难看；说话的时候，手势过于夸张、幼稚。等等。

可这些精心挑出来的毛病，转眼又成了思念她的源泉。

一个人的家，一个人的夜，林志在思念中迷糊地睡去。

半梦半醒间，林志将对曾丽晶的思念统统集中在手指上，然后，将思念一寸一寸地涂抹在自己的身上，最后，落在那最敏感的硬处。他喘息了、震颤了、酥麻了，在半是窒息半是眩晕的狂飙里，尖声高喊："丽晶，丽晶，丽晶——丽丽——晶晶——我爱你！"

居然做艳梦啦？梦里还 DIY？

最近一次做那事，距离现在有多久了？林志无法回答。太久远，太沧桑了吧。

唉，一个已婚男人，还做如此绮丽的香艳美梦，太可悲了！

醒后，他不禁悲从中来。

10

天还没亮，林志收到一条短信。以为是老婆来的，事情出现了转机呢。掏出手机，发现是曾丽晶发的，很突兀、很隐秘、很直接地震颤内心。他捉摸不透。

短信说：你和老婆多久没做了？

林志有些紧张，又有些欣喜。紧张在于曾丽晶不但没有生气，而且更进一步，关心起原始的本能需求来；欣喜在于，他仿佛嗅出一丝她对自己以身相许的爱意来。

究竟如何回复呢？林志有些茫然。该知道的，庐山之夜她已了然于胸，再探究更深层的细枝末节，不知她安的哪门子心。

就在透亮前的黑夜里，还把她当成幻想的女主角，这样看来，刚刚褪尽夜色的黎明，她也在关心自己的渴望。也算心电感应，灵犀相通吧。

直到下楼草草地吃了一碗拌粉，喝了一罐桂圆肉饼汤，林志才想到这样来回复她：应该有很久了吧。昨晚很是渴望，做了一个艳梦，梦里你是唯一的女主角。

她很快发来了短信说，你少来，别打趣我啦！你老实说，老是那么渴望，那你有没有找过小姐？

他从早点摊的纸筒里抽出一小截劣质卫生纸，随手一抹嘴，然后狠狠地丢在地上，紧接着拇指在手机键盘上飞舞，一行字跃上小小的屏幕——憋急了的时候，真的很想去。可是不敢啊，一怕得病，二怕被抓。人家是胆小怕事的良民啊。

她问，那你怎么解决问题？

他说，极小的一部分找老婆帮忙，多数时候 DIY，自行解决。

她问，听说那样对身体不好呢？

他说，不知道，反正我还没死。看这健壮的样子，一时半会也死不了。问题关键不是对身体好不好，而是那样不够彻底，草率了事，不尽兴。这边刚结束，那头欲望之蛇又出洞撩人。所以一天好多次，是常有的事。初始期待，完事空虚无聊还自卑，很受伤，很受打击似的。没一点意思，更可怕的是，还有万事皆空的虚无之感。

她问，你试过用具吗？

他说，网上看过图片，没用过的。是不是太老土了？

她说，这不是老土的事。要不，我领你去买一个试试？

他说，多不好意思，羞死人了。

她说，我陪你，你有什么不好意思的。要不这样，今天我在家，上午陪你去吧。我在广场等你。

林志找不出拒绝的理由，其实，打心里也不想拒绝，因为他很想见她一面。想得急切。想得心痒。管它买不买那什么破玩意儿，只要能见她，就是上刀山下火海也心甘情愿。

林志沿着广场的绿化带绕走了一圈又一圈，额头微微冒汗，还是没见到曾丽晶的身影。真是千呼万唤始出来，这一次，她不再一身月白，而是通体透红，大红衣裙，喜庆，衬得她像新娘一样，不胜娇羞的温柔。

他伸出手，要拉住她，被她轻轻一拍，推掉了。

她说："在这里你也敢这样啊！不要命了，要是你老婆发现了，看你怎么办？要是她的熟人看见了，再告诉她，你怎么办？"

他乐了，反问道："你怎么老提我老婆？你心里有鬼吧，应该是怕遇见你老公或者你老公的熟人吧？还借口说我呢，真是虚伪。"

她再一次严正声明："谁告诉你我有老公了？我才不像某人，这边怕老婆怕得要命，那边还跟别的女人出来约会。到底谁虚伪呢？"

林志脸上青一会白一会，半天没有说一句话。他后悔跟女人吵架。就像男人永远不要跟女人赌一样，永远也不要跟女人吵架，别做梦能占上风。无论如何，结果有且只有一个：男人输。

见林志沉默不语，曾丽晶主动拉了他的手，煞是关心地问他："老婆那边怎么样了。女人嘛，多哄一哄，就好了。哪天你主动到老丈人家去，多说几句好话，她肯定就回来了。作为朋友，我是真心希望你和老婆搞好关系，活得开心。就像网上说的那样，别人只看你飞得高不高，走得远不远，而我只在意你是不是很累，开不开心。"

林志说："谢谢。"

曾丽晶说："我不要你对我说谢谢。等下我们买完了那个，你就去你老丈人家，把她劝回来。听到没？你若还想见到我，就听我的。"

林志说："还是找时间再说吧，她现在上班呢。等她下班了，我又要忙工作了。"

曾丽晶说："你们也真是的，你下班她上班，她下班你又忙上班，夫妻老碰不到一起，怎么行啊。"

他们边说边远离广场，到底往哪儿去，林志心里没数，曾丽晶也没谱。光天化日之下，去买那玩意，谁也抹不开那面子。而且，怪就怪在，一对相识不久的男女，肩并肩逛大街，四处搜寻，只为买一个性用具。

林志有些迟疑，说："还真去买呀？要不，咱们去公园转转吧？"

曾丽晶说："当然呀。有什么怕的，看你脸都吓白了，胆小鬼。"

不是怕，是不好意思。林志想说，却没说。在川流不息的人流中，默不作声，手一会拉，一会散。松是曾丽晶挣脱之故，拉是林志在着力使劲。

他们以广场为起点，绕四周画了一个大大的蛛网似的圈，仍没有买到。不是没见到店，而是所有店都关门了。

曾丽晶说："都是见不得光的店。黑店，所以得天黑才开张吧。平时，晚上出门逛街，老能碰到这样的店大门洞开。"

林志趁机又想拉她去公园，说："要不，晚上我自己来买吧，现在咱们去公园转转吧？"

曾丽晶说："不行，公园下次有的是机会去。今天一定要给你买到。晚上你肯定不会去买的，要不然，你老婆不理你那么久，怎么也不见你买一个自娱自乐呢？"

林志说："她在家，不方便用嘛，也不知藏哪好。"

就这么拉锯式地吵，曾丽晶收住脚步，拉了拉林志的衣角，发现新大陆似的尖声大喊："林志！快看——延春堂。"

林志情绪也带动起来了，说："也许这家会卖吧！"

那一刻，林志重新在曾丽晶身上找回了恋爱感觉，从一路吵嘴，到现在的一惊一乍，莫不是小情侣的经典做派。

林志不敢上前，曾丽晶不好意思进店，就这样你推我让，僵在街前。最后，曾丽晶像一只毅然决然的红蝶，果敢地朝店里走去，一边走一边回头招呼林志。他再停留，就很对不住她的决心，这才迈开步子，赶在她进店之前，手拉着手，一同跨入门槛。

延春堂比起那些只挂一个"性"字的小店大多了，像一个相当正规的专卖店。店堂敞亮，货架依次排列，给人良好的纵深感，琳琅满目的性用品，让林志叹为观止。那些在网上看一眼都会脸红的东西，在这像衣服鞋子一样，很规整地码好，期待买家挑剔的眼神。

柜台后面站着一位蓄着山羊胡子的老年男子，精神矍铄，一板一眼都透着慈手仁心的医家风范。

曾丽晶说："老板，有没有我老公用的卖？"

老公？可真新鲜呀。引她去公园都凛然拒绝，这会儿却直呼老公？

老者没有接曾丽晶的话，而是对其行为大为夸赞："姑娘，你是个好老婆呀。能想到为老公买，就是好老婆啊。现在这个社会，用这个的都是好男人好女人。外面多乱啊，乱搞容易得病的，一得病，连同家人一起遭殃，好端端一个家就那样毁了。这样的例子很多的。"

都老公老婆了，林志也就不客气了，一会搂肩搭背抚腰，一会儿又摸她的头，手指在她的发间直上直下，像是在滑腻的巧克力汤水里自由泳。

曾丽晶回眸一笑百媚生，林志多情的注视，恩爱得不行。羡煞老者。

她接着老者的话说："老板，没办法，我怀孕了，呵呵。"

老者说："男人最容易出事的时候有两个，一个是老婆不在身边，二一个就是老婆怀孕。明智的女人会让自己的男人在最容易出事的时候，做到不出轨。我非常欣赏你这样明智的女人。这样吧，全场货品由你挑，给你们打个八折。"

从头到尾，林志的手都没离开过曾丽晶的身体，她也不驱不赶不恼怒，没事人似的与老者交谈砍价。真的不便宜啊，980元，很吉利的数字，却让林志痛切心扉。他甚至很小人地怀疑，这个曾丽晶肯定是延春堂的迷子，故意带自己来，下套设局。却没想到曾丽晶抢先买了单，提上货，扭头就走了。

那一刻，他觉得自己太小人了，太小瞧了她对自己的情义。

出门，重回大街，林志的手仍在曾丽晶的身体上流连忘返。她板着脸孔，训斥道："你还想吃豆腐啊，刚刚假装夫妻，不好意思骂你呢，现在还想赖皮？赶紧给我把手拿开！"

林志终于找到恋爱中的小男生感觉，缠劲十足，说："不吗——"尾音悠长悠长，仿佛那诗中有打油纸伞的姑娘路过的雨巷。

曾丽晶突然转过身来，将货塞在林志的手里，冷冷地说："我不喜欢你对我动手动脚，再见！"

她扭头离去，很快消失在来来往往的人流之中。

林志一动不动地待在原地，半晌也没回过神来。

11

手机响了半天，林志才接。是钱明龙打来的。和往常一样，报上酒店名、包厢号，不等林志拒绝，那边就传来嘟嘟嘟的忙音，挂了电话。

林志一个人孤零零地站在街口，面对着延春堂，心中感慨万千。

无数个难眠之夜，各种色思艳念像一团柔软的棉堵在心间，浑身有一种异物上身感，不可名状的难受。苦捱这么久，从没想过要买个玩意替代。老婆没提过，自己也没想到，却被一个与己交集不深的女人买来，作为礼物馈赠给自己。见过送礼的，却没见过这么送的。莫名地欢欣，无比地期待。

　　如此体贴入心的女人，教人如何不喜欢？

　　林志在心里骂了自己一千遍一万回，一双咸猪手竟然把真心对自己好，自己也深爱的女人气走了。林志最后看了一眼延春堂，那仿同仁堂的字体遒劲有力且不乏温柔敦厚，越看越耐看，越看越喜欢得紧。这就是爱屋及乌吧。爱曾丽晶，连同这个八竿子也打不上边的男女情趣用品店，也爱上了。感情真是很奇妙的东西。

　　林志茫然掏出手机，想在电话里跟她道个歉。拨了那串烂熟于心的号码，孰料她已关机。他把手机紧紧地攥在手心，直到微微沁汗。

　　心早已濡湿，一边走，一边哀叹："怎么会这样？片刻工夫就关机了？怎么会这样啊？"

　　他想哭，却怎么也哭不出来。

　　回到家，林志将货品铺展在地板上，按照说明书上的示意，把一个个部件拼接好，安装出一个娇俏的女体人。闭上眼睛，迷人的曾丽晶如梦中的精灵，幽幽地浮现在脑海里，一寸相思没有换来一寸膨胀，冷得不可思议。

　　一屋子的静，更衬出一种无比尴尬的气氛。黯淡收场。

　　出门前，再打曾丽晶的手机，仍是关机。无尽的怅然、惘然、凄然。

　　赶到酒店的时候，钱明龙已经坐在一旁的沙发上喝茶。服务员给林志上了一杯热茶，自觉地退出包厢。趁没有外人，林志赶紧把开会得到的信封递给钱明龙。他没有推托，收下后，径直放入皮包里。

林志说："你数一数吧，一共 6000 块。"

"还不放心你？哈哈。"钱明龙转而把话题岔开了，"这次开会美女很多吧？应该有艳遇吧？"

林志说："美女倒是不少，可是没有艳遇。我这么寒酸的男人，唉，哪有什么资格去艳遇呀？"

人陆续到了，他们俩打个哈哈就过去了。

每次饭局，除了钱明龙，林志并不认识其他人，别人在社交，而他仅仅是吃菜喝酒，好似红花边上的绿叶，纯属陪衬，单调得很。这一桌人好像跟历次都不太一样，谈的话题，很男人、很官场。林志没有插嘴的机会，甚至连赔笑的资格都没有。别人笑，他笑不起来，压根不知道什么地方好笑。只好在人们大笑时，也跟着一起傻笑。

席间，推门又进来一人。这个人林志认识，是庐山会议上的主持人，印象中官阶不低。来人并不知道林志，但几天同吃同玩，多少有些面熟，所以在与别人热情握手过后，因隔着人，只给他一个友善的微笑。林志咽下嘴里的汤，放下汤匙，用九月阳光般灿烂的微笑回礼。

别人谈话时，林志一个人很无聊，就把手机拿至桌面下一点的位置，给曾丽晶发短信，先是道歉，再是想念，继而是热烈缠绵的情话。而那边冷静得可怕，一个回复也没有。

独角戏。林志很自然地联想到这个让他备感哀怜的词来。以往跟老婆是这种状态，现在跟她，也一样。历史总是惊人地复制着悲哀。

他到卫生间给曾丽晶打电话，那头还是关机。难怪没有回复，人家压根就没有开机。

走到门口，林志迎面与一个人碰上了，抬头一看，是主持人。也许是想曾丽晶想急了，他索性立在那里，貌似很随便地问："领导，请问你有曾丽晶的手机号吗？"

主持人一脸愕然，有些不耐烦地问："谁？曾丽晶？"

林志说："就是这次到庐山开会的那个。通讯录上都有她的名字和手机号，但我每次打，她都关机。是这样的，我有一本书要还给她。当时她提前下山，没来得及还。"说完，林志很佩服自己编故事的能力，谎话张嘴就来，还不脸红。

看来，爱情的力量真是无穷无尽。

主持人像是突然想起来什么似的，紧握住林志的手，说："原来你是特邀嘉宾，参加过我们庐山会议呀。我说怎么对你这么面熟，是老朋友了。刚刚失礼了，莫怪莫怪。你刚刚说的什么？曾丽晶？她没去庐山开会的呀！她是我们办公室的秘书，家里有事，没有去庐山啊！"

真是活见鬼了。

曾丽晶没有去庐山，那自己一路交往下来的那个女人，莫非是倩女幽魂？见主持人这般坦诚，林志也没什么好说的了，以自己记错为幌子，蒙混过去了。

重回包厢时，林志从他们的谈论中听到了"刘主任"，直听得心惊肉跳。原来，有一个副省的空缺，几个热门人选明里暗里拼老命争抢此位，一时间闹腾得人仰马翻。那个刘主任惨遭暗算，被双规了。

钱明龙说："官至如此高位，不查也罢，若查起来，不被双规才怪呢。人在江湖，身不由己啊。纯属牺牲品。"

大家纷纷附和，表示赞同。林志机械地点点头，心已凉透了。

这个刘主任不是别人，正是林志的岳父。

12

赶到刘凤娇娘家，林志看到往日热闹、阔大的家，寂然如禅寺。

见到老婆，和往常一样招呼："凤——"

刘凤娇说："哎，来了。"

他走进刘凤娇当年的闺房，儿子贝贝躺在床上睡着了，看儿子那么安详地睡姿，忍不住在他小脸上亲了几下。

身后的刘凤娇说："别亲了，好不容易才睡的，别把儿子弄醒了。"话里没有了往日的冷淡与威严，热恋时的温柔又重现了。他想，这才像个老婆的样子。

不能抱儿子，就抱老婆了，林志猛地扑过去，一把搂紧了小鸟依人样的老婆。她左推右拒，然后半推半就，不禁喘起粗重的气来。

老婆轻轻地推开他，说："去把门关起来。"

当年，刘凤娇出院后，回到家的第一天晚上，就趁家人不在，带林志去她家。防盗门一合，林志就像饿狼一样猛扑向她，抱到闺房床上，鸡啄米似的在她身上狂啃。而她在娇喘连连中，不忘提醒一句："去把门关起来。"

后来几次也是这样。

同样的房间，同样的人，经历了漫长的婚姻，似乎一切都冷淡下来，两人之间充满了锅碗瓢盆的无聊与琐碎。而今再听到这句话，林志恍如隔世。刹那间，他下意识地为老婆宽衣，继而推倒在床上。刘凤娇有些动情了，脸红润起来，眼神迷离，身子越发软了，但她还是很坚定地提醒："志，到地板上去。不要吵醒儿子了。"

志？有多久没被她这样叫了？林志已记不真切了。每次称呼刘凤娇，还是和恋爱时一样，只叫凤。而婚后，刘凤娇早改掉了，时而叫大记者、时而喊大笨蛋、时而骂死家伙、时而咒狗杂种、时而称姓林的，当然，更多时候称呼林志，就是不再多情地唤他"志"了。

印象中，这是第二次在地板上了。

第一次，是他们的初夜，当时正入佳境，才发现床很默契地配合，叫得比他们还欢，怕家人发觉，无奈转场到地板上。时值隆冬，地板那个冰呀，欢时浑然不觉，事后，刘凤娇就狂吸鼻子，伤风感冒。气得她第二天就带上父亲的司机，到家私广场换了一张花梨木材质的名牌床，结实得可以过辆坦克。

过去的种种美好，让林志当成事前一杯酒，恰到好处地调剂了气氛，领着她乐癫乐癫，上路了。这一路走得多欢畅啊，很久没听到老婆这么纵情恣意地畅吟了。两人抵达顶峰的那一刻，林志再看老婆，已不再是老婆，显现的是曾丽晶那张略显忧郁的脸。

曾丽晶就这样深入到林志的骨子里去了。跟老婆亲密，也这般执拗地介入其中。她深藏在他内心最隐秘的角落，一有机会，就出来招摇。

当他们并肩躺在床上的时候，她的冷又来了。事毕，刘凤娇把林志引到客厅谈事。

刘凤娇说："我家的事，你也该知道一点了，爸爸被双规呢。我哥在新加坡，妹妹在美国，家里出了这么大的事，我要撑起这个家来。我搬过来，陪我妈妈住段时间，好吗？"

林志说："这是应该的。有空我会像往常一样，过来陪你们的。"

人生风风雨雨几十年，谁没有个难处。落难的时候，亲人是最可靠的港湾。这一场家庭灾难，无形中也拉近了他们夫妇之间心的距离，弥合了岁月划在他们面前的裂缝。

但是林志没想到这是他们最后的温柔。

13

　　林志重新过回了一个人的单身生活。

　　早上从中午开始，生活秩序比常人延迟半天。午后洗洗涮涮，收拾屋子，有时去看看老婆孩子，有时就在街上闲逛，等到五点钟，再去报社上班。编稿组版上传，等老总签字的时候，已是冷清的午夜，街上空寂寥落，车辆稀疏得像日出时分的星辰。他看什么都不真切，灯光也是朦胧的，一副昏睡不醒的样子。他收工回自己的家，秋风沙沙声，一路相随，空寂的街头，有一种前无古人后无来者般的悲怆。

　　林志一如既往地给曾丽晶发短信，这已成了他的一种习惯。投去一个桃，不一定会得到李报。他的短信发过去，一次也等不到她的回音。她好像从地球上消失了一样，又仿佛这一切都是一场虚无。

　　没有曾丽晶的电话，林志的手机都乖巧了许多，响都不响一下，间或有短信提示音响起，一看却是卖房卖卡卖枪卖发票辅导孩子出国移民等广告。

　　一个知了疯鸣的夏天，秋风开始静静地扫落叶，街头叶落凄然。秋思，在林志的心里泛滥成灾。悲凉一点点淹没过来，他像一个在情海里溺水的孩子，无助地走向无亮无光的鸿蒙。

　　这天，他将版面上传给老总待签，坐在格子间，上网玩连连看，手机很突兀地响了，一看号码很是陌生，接通后，惊愕不已。打电话的不是别人，正是苦等多日，久无音讯的曾丽晶。

　　曾丽晶劈头盖脸地问："那个还好用吗？"

　　林志说："不好。不喜欢，没感觉。"

　　曾丽晶说："没有人跟你互动，当然没真人感觉好啦。"

林志说："我想见你，行吗？你在哪儿？"

曾丽晶说："我在超市书摊上看书，你晚上不是要上班吗，怎么方便过来看我？"

林志挂了电话，跟主任打了招呼就直奔那家超市去了。

见了面之后，林志急迫地想知道她到底叫什么。在他看来，这事关一个人的真诚与品格。自己爱得如此深沉的一个女人，居然还在姓名年龄等外围资料上做着无谓的纠缠。

他郑重其事地问她："你不叫曾丽晶吗？"

曾丽晶说："谁告诉你我叫曾丽晶？"

林志说："咱们第一次见面，你自我介绍时，就说你叫这个名字的呀。怎么现在又不承认了？你到底叫什么吗？"

曾丽晶说："名字不就是一个符号嘛，你那么在乎干吗？你就当我是曾丽晶好了。"

林志说："什么叫当是？还有，你为什么一直关机，是不是故意躲我？"

曾丽晶说："不是的，你又有什么好躲的，又不是十恶不赦的大坏蛋。我倒是觉得你蛮可爱的。走吧，陪我逛逛超市，行吗？"

他们找到了一个小推车，他扶车与她并肩而走，有滋有味地逛起超市来。在林志的印象中，和老婆从来都没逛过大型超市，陪她逛街，唯一的内容就是大商场的女装专卖店。家用必需品，都是林志在小区门口的那家小得不能容两人转身的连锁小超市采买。

这样悠闲地逛超市，林志感觉很生活化，像个过日子的样。曾丽晶往小推车里扔进了一套印有奥特曼的衣服，一箱姚明做广告的牛奶饼干，还有几本儿童故事书。

林志说："你给谁买这些东西？"

曾丽晶歪着头看他，说："你说呢？这些东西会是你喜欢的吗？当然是给你宝贝儿子买的呀！"

不得不让林志称奇了。儿子最喜欢的宝贝，曾丽晶都买齐了。心里暗自一惊，这是怎样的女人，怎么什么都那么深入内心，让你感觉称心如意。也许，她就是上帝派来安慰自己的女神吧。自己的婚姻不幸，好在有她来了，幸福指数才有节节攀升的迹象。

只是她为什么消失这么久，而且消失得那么彻底？一时成了难解之谜。

快到收银台的时候，主任打电话来了，说赶紧回来，老总要撤稿子。就这当头，曾丽晶交了钱，买了塑料袋子，拎在手里整整两大袋。她把采购来的东西交到林志手里，就要道别了。林志也没有刻意挽留，毕竟有事在身。

林志帮曾丽晶拦了一辆出租车，开门时，问道："你现在这个手机不会再关机吧？别害我老找不到人。还有，你气色没有在庐山那儿好了，是不是身体不舒服呀？"

曾丽晶说："没有什么不舒服的，挺好。城市污染重，人的气色哪有在山上那么好。我看你也差不多，在庐山的时候，像个十七八岁的小伙子，现在一看，真是奔四的中年油腻男了。你不要找我，你是找不到我的。如果方便，我会给你电话。"

一挥手，曾丽晶乘坐的车，就跑远了。

这一别，她又像一阵风一样消失得无影无踪。

14

林志把曾丽晶买的东西送到丈母娘家的时候，一切全变了。

刘凤娇一改那流星式的温柔，变得异常陌生，不但将送给儿子的东西扔出门外，还咆哮着，轰他出门："姓林的，你永远也别来我们家了！有多远给我死多远。"

林志说："凤，你怎么回事呀，吃错了药吗？"

刘凤娇说："别再叫凤啊凤的，恶心死了。你我恩断义绝，回头就把离婚办了吧。跟你这样的穷光蛋，永远别想得到什么好处。你还是有多远死多远吧。"

见此情景，林志终于火了，大声回应："姓刘的，从恋爱到现在，我忍气吞声，早就受够了。今天你不说清楚，我还就不走了！"

刘凤娇没理他，重重地把门一关，将林志一个人隔在了门外。

到底是怎么回事？

处在火头上，林志禁不住大吼几声，门内没有丝毫动静，楼外秋雨淅沥。一场秋雨一场寒，凉意止不住地往心间涌去，他打了个冷战，然后竖起衣领，下楼、回家。

一个人的家，蚀骨的寂寞。他有些想儿子，却不是那种牵肠挂肚，只是想念，就像隔久了不见的一个朋友，想见见那样。这多少有违父亲的情感。他隐隐感觉儿子哪个地方不对，到底哪里不对，却说不上来。不敢也不想直面，能逃避就尽量逃得远远的。

外人一看都说儿子不像他，一点也不像，但很像很像刘凤娇。俗话说，女儿像父亲，儿子像母亲，所以刘凤娇以此为据，说儿子就是咱们的儿子，别去胡思乱想。

不管怎么去亲近儿子，总感觉差那么一点火候，到底是什么呢？林志说不清楚。不得不承认的现实是，儿子压根不亲自己，不会在自己怀里撒欢，不会在自己走的时刻哭闹个不休，不会在电话里喊爸爸……

儿子不亲，老婆不疼的。这算什么事？

离就离，大丈夫何患无妻？转而想起了曾丽晶，如果真离了，不妨去追求她。

爱一个人的标准是什么？就是，她不在身边的时候会想她，而想她的时候，心里会暖暖的。如果套这个标准，爱曾丽晶算是爱到骨子里去了。

想到曾丽晶，不由自主地想起了她在延春堂为自己买的那个用品。隔了一个夏，又快过了一个秋，还没有真正用一次，简直暴殄天物。

欲望适时而起，一如十五的圆月，从东边幽幽地升上来，瞬间光亮遍地，让他无处躲藏。他从阁楼里取出来，拼接好，念着曾丽晶的好，慢慢与它融为一体。肌肤与橡胶的触碰声，激发出潜藏体内已久的能量，他一边喊着丽晶丽晶我爱你，一边冲向快乐的巅峰。

终于，在"曾丽晶"的引领下，天人合一了。

缓过神来，收拾完残局，林志陷入深度思念之中。和往常一样，曾丽晶的两个手机都关闭了。永远是关机。就像故意在他和她之间，关闭联通的所有渠道。

林志想起了钱明龙。

现在，唯一可以求助的人，只有他了。他在电话里把庐山与她相遇，回城后她又玩失踪，自己对她的思念与爱恋等，全告诉了钱明龙。

钱明龙最后说："兄弟你真的动情了。这不是好事啊。男人要有把任何感情都能放下的勇气和能力。"

很快，钱明龙打电话来说："兄弟搞定了。找到她的领导，已通知到曾丽晶，她说马上会给你打电话的。"

过一会，手机一响，林志就激动万分地说："你终于给我打电话来了。我老婆要跟我离婚了，从现在起，我正式向全世界宣布——我林志要追求你了。等我这边办完手续，立马向你求婚！"

那边一个劲地说："你在说什么？！你在说什么！？"

林志听出来了，不是曾丽晶的，惊问："你到底是谁？"

她说："我是曾丽晶啊！"

林志奇怪了，问道："今年春天，你们单位在庐山开会，我遇见的那个叫曾丽晶的，到底是谁呢？"

她说："她呀，是我的发小。那几天，她心情不好，我正好家里有事，就让她代我去开。反正是借开会为名旅游，让她去山上散散心。"

林志说："原来是这样。那你知道怎么联系上她吗？她到底叫什么呢？"

她说："她叫曾晓梅，拂晓的晓，梅花的梅。我也不知道怎么联系她，都是她跟我联系，打她手机老关机。我也有段时间没见她了，每次见她气色都不好，好像她的心情一直没有好转。"

林志暗自一惊，曾晓梅？怎么跟初恋女友的名字一模一样呢？

他说："她到底遇到什么不顺心的事？"

她有些不耐烦了，说："你到底对她了解多少？怎么什么都不知道？你想知道什么，你直接问她自己得了。我得挂电话了。再见。"

曾丽晶？曾丽晶？？曾丽晶？？？越想越绝望。

横空出世一个曾晓梅，把初恋的美好，失恋的痛苦，婚姻破裂的绝望感……统统汇合一起，勾兑成一杯万念俱灰的苦酒，他不得不一饮而尽。

林志一个人下楼，拦了一辆出租车，漫无目的地绕城转了一圈，看到一家酒吧闪烁着七彩霓虹，下车，径直走了进去。

醒来的时候，第一眼看到的是钱明龙。

林志迷迷糊糊地问："兄弟，我这是在哪？"

钱明龙说："在医院。你喝多了，酒吧的人拿你的手机打给我电话，我就开车来接你了。那时，你醉得不省人事，到底遇到什么事，这么不要命地喝酒？就因为艳遇的那个曾丽晶？我跟你说句贴心的话，男人啊，外面玩玩就算了，不要当真，要确保自家后院不要起火。这是男人的底线和原则。"

林志想说什么，却什么也说不出来，噙着的泪，一摇头，甩了一串泪珠来。

他稍稍清醒了点，钱明龙要赶回去上班，临走之前，再三叮嘱他："不要乱跑，不要难过。就在医院好好待几天，钱我都给你付好了。你放心吧，再不要做出什么出格的事来。男人要拿得起，更要放得下。"

钱明龙前脚走，一个女人后脚就进来了。是曾丽晶，不，是曾晓梅。

她还是一身的白，看上去，洁净如雨后初莲。

她说："你那朋友对你真好，一直陪了你一天一夜。够哥们。"

他说："是啊，我们是好朋友。你怎么知道的呢？莫非你一直在医院偷看？"

她说："难道偷偷地关心你，不可以吗？"

他说："他是我们的引线，没有他，我不会认识你的。你代你的发小曾丽晶去开会，我替我这个朋友上庐山，所以才有我们的相遇相识。"

她笑了，说："你给曾丽晶打电话了？今天我来告诉你的是，你不要为离婚而伤心。你的老婆根本就不配你的。你要勇敢地走出现在的家，早离开比晚离开好。家对你只是伤害，永远的伤害。"

他说："你怎么乱说呢？"

她说："你不要想太多，等你出院了，我会告诉你的。"

同病房的人都很羡慕林志，说有个关心他的好哥哥，又有一个体贴她的好老婆。林志笑笑，不置一语。这是他第二次听人把曾晓梅喊作老婆。第一次，是她自己封的，而这一次，她用实际行动让周围人由衷地赞叹她这个老婆。

他把嘴凑在她耳边，动情地说："梅，我爱你。"

她推了一下他的胸，迅速远离他，说："你少来啦！讨厌。"

医院一别，曾晓梅又像秋蝉一样消失得无声无息。

16

冬天来临之前，淫雨霏霏，算是给严寒的到来打个前站。

南方的冬，虽说温度仅在零度左右徘徊，却因湿，冻得人直发哭，又因没有暖气，那刺骨的冰冷，简直让人无处躲藏。

今年冬天，林志除了冷得无处可逃外，因了家庭摇摇欲坠，更添一份心冷。

来得快，去也忽，万事万物都是这个道理。当年爱来得轻巧，所以现在也去得迅疾。古有剑夺的城只有用剑才能抢回的说法。一直没有洞悉其深层内涵，经历易得的爱情，现在又面临婚姻城堡的破碎，对此方有全新的认识。

回首往昔，只是在应该结婚又很想结婚的时候，遇上刘凤娇这个适合结婚的对象，所以尽管心中没有几滴爱露，就匆匆地步入婚姻，以为自此拥有了一片爱情海。婚后，才明白没有爱的结合，是不道德的、不和谐的，没有意思、更没有意义。

门当户对，真是金科玉律。夫妻之间，本应该是共创美好未来的，而他们一高一低，无法携手。一直以来的状态是她不停地施舍，他一再退让城池。最后就形成了女主外，男作花瓶的逆潮流的讽刺性搭配。

自打那次刘凤娇说要离婚，夫妻之情已淡至虚无，经营了几年的婚姻，算是走到了尽头。

虽说她还没将实质性的措施丢过来，不吵闹，甚至不联系，但林志已为即将到来的分离做好充分的准备。比如，在报社附近租到一居室的二手房，且将大部分个人物品悉数搬移了过去；比如，开始专心致志地想曾晓梅……

这天凌晨，林志下班后，习惯性地回到原来的家，看到刘凤娇压在茶几上的一纸离婚协议书。林志看后，没有反对意见。房子是婚前她家买的，票子婚后各挣各花，用在家上全凭自觉。儿子还小归妈妈更利于成长，再说，林志的收入不够高，又没有稳定的住房，真的要争取儿子的抚养权也难。再说，儿子跟自己长相迥异，又不亲近，硬要过来，只是给自己揽气受，添心堵。

房子票子儿子，样样来路明白，去途清楚，了断起来，干净利落。林志在协议书上把自己的名字一签，这个家就一拆两半，桥归桥，路归路。

签了字，一身轻松，想打电话告诉刘凤娇，怕吵醒了，就发了一条短信，说已签好了，下午去办理吧。

那一晚，林志梦见被巨蟒缠着，越缠越紧，就在感觉快要死去的那一刻，巨蟒不见了。是的，一切都解脱了，都说世上的爱情是藤缠树，可是缠得太紧，结果只会是树倒藤枯。这么多年来，林志对婚姻生活的印象，就是被缠紧、窒息、绝望、妥协。

醒来时，已是午后。

草草洗漱，就联系刘凤娇，约好两点半在区民政局门口见面。出发之前，林志接到曾晓梅的短信，她约今晚在人民公园相会。

到民政局办事大厅，两个窗口，结婚窗口没人，而离婚窗口前却排起一条不小的长龙，另外一处卖墓地，三五人在跟工作人员交谈。这年头，结婚得少，离婚得多，死人也是常有的事。

两个红本递进去，两个绿本领回来，就一拍两散了。

出到民政局门口，刘凤娇噙着泪说："林志，最后抱抱我吧。"

林志没有答应她的请求，对她说："不抱了。待会我就去把我自己最后一点东西拿走，钥匙会放在茶几上。"说完，转身走了。

走后，一直在想，她的眼里怎么会有泪？她的神色怎么那么复杂。莫非她也有什么苦衷？不管她了，以后顶多算是前妻，再扯不上什么关系了。

晚八点半，林志在人民公园正门口迎候曾晓梅。

两人手牵着手入园，走到一张石凳前，林志刚想坐下来，她拦住了，说："夏不坐木，冬不坐石。咱们到别处找个位置坐吧。"

久违的来自异性的细节关爱，让他感觉温暖如春。一阵寒风吹过来，心头还是暖暖的。找到一处木椅，曾晓梅垫上两本杂志，刚落座，林志就开始抱着她，轻轻地拥她入怀。他把吻落在她的长发间，丝丝女人味沁入心脾。女人和女人真的不一样，跟刘凤娇生活这么多年，从来没在她身上闻到什么女人香。曾晓梅身上奇异的香，让人魂不守舍。

林志反反复复地说："我爱你。我要你。我想娶你。"

曾晓梅的力，是突然间爆发出来的，紧紧地搂着林志，喃喃地回应："我爱你。9年前，我就爱上了你！"

林志一惊，9年前，不正是刘凤娇与自己车祸，并迅速结婚的那一年吗？他管不了那么多，身体蓬勃而起，疯也似的吻她的额脸和脖颈。她坚定有力地抵制着，他的唇急冲向她的嘴，并落下一个轻轻的吻，她一阵风似的，从他怀里抽出来。

　　紧接着，他结结实实地挨了她一耳光，顿感脸上生疼生疼。怎么会这样？变化这么快？

　　曾晓梅理了理发，整了整包，起身走了。

　　林志慌神了，急切地说："再抱一下，行吗？"

　　曾晓梅头也不回，风中传来她冷冷的声音："不抱了。"

　　风冷，话更冷。

　　林志紧追上去，她走得更急，只好立住，呆望着风中黑黑的背影，一点点变小变淡，直至看不见了。

　　林志满心欢喜，毕竟第一次真正亲吻了心上人。

　　可他没想到，这第一次也是最后一次。

17

　　世界上最远的距离不是生与死，也不是站在你面前你不知道我爱你，林志觉得这一记耳光的距离才是。

　　原以为离婚之后可以光明正大地来追求她、爱她，却不知有一段自己无法跨越的距离横在两人中间。这段世界上最遥远的距离不是刚刚生出来的，而仿佛前世预设好的，任怎么努力也无法逾越。

　　曾晓梅让林志捉摸不透的地方，多如繁星——她到底多大，是不是真的单身，怎么会在 9 年前爱上自己……

谜底很快就揭开了。

揭秘，是件残忍的事。

一切都明白了，未必是件好事，人生还是留些未知为好，万事切莫看得太透，就像纱帘背后的女子，比掀开后更具美感，一道纱笼轻烟般的美，剔除了直白，留下无穷的回味。苍凉是人生的底色，何苦再去揭开一个个不曾知晓的谜，以加浓这苍凉色呢？

那一天，曾丽晶打来电话，说："你是林记者吧，我是曾晓梅的朋友，我们以前通过电话的。晓梅留了一封信给你。你看我怎么给你？"

林志说："告诉我你在哪，我打车过来取。"

见面后，曾丽晶劈头盖脸地质问他："追悼会上，怎么没见你？"

林志蒙了，惊问："追悼会？什么追悼会？"

曾丽晶说："晓梅自杀了。你不知道吗？"

说完，塞给他一个信封，走了。

林志一脸惊愕，半天也没有缓过神来。在人来车往的街头，他拆开手中的信，越读心越惊、越读越悲凉。

亲爱的志：

当你看到这封信的时候，我已经走了。

有人说，人死后，会变成天上的一颗星星，所以当你想我的时候，就抬头看看星空，我就是你头顶那颗最亮的星。我每夜都会看着你，关注着你，为你祈福。在天堂，我会帮你在世上寻找一个比我更爱你的女人。

我知道你是爱我的，但你一定不明白，我爱你比你对我的爱，更深、更久、更隐秘。

你一定想知道，最后一次见面，我为什么会那么重地打你耳光吧？一定迷惑，我怎么就来到了天堂吧？一定不解，我为什么老关机不理你吧？

　　我不让你吻到我，是不想让你受到伤害。请原谅我的残酷吧，其实，我比你更渴望亲吻，但是不我能。我没有这个资格的。因为我是一个ADIS病毒的携带者。我不想让你从我这里感染上人间绝症。

　　我实在太爱你了。我担心自己总有一天会控制不住，情不自禁地跟你亲吻，跟你融为一体。所以在我还能控制的时候，尽量不与你联系，免得让你受到伤害。现在，我选择永远离开你。你就把我忘掉吧。

　　虽说今年世界防艾日，晚报报道我们生活的这座城市有ADIS病毒携带者无碍地生活了15年，但是如果我的生存会带给你威胁，哪怕存活一秒钟，对我来说，也就失去意义。我很想活下去，但为了我的爱，现在这样是最好的结局。

　　亲爱的，请你一定相信，我不是胡来的下作女人。我得艾滋，是因为我老公。他是我的噩梦之源，也是你的耻辱和麻烦的制造者。我不想让你活得那么痛苦，不想让刘凤娇带给你的噩梦纠缠你的未来生活。所以现在我要把事情的来龙去脉，一清二楚地告诉你。

　　一切的一切，都源于我对你的爱。

　　爱你最初萌生于看了晚报上你的文章，你那绝妙的文字深深打动了我。当时我就想这么有文才的男人，如果他没有女朋友，我一定来追求他、嫁给他。天赐良缘。后来，我们一同去报社应聘记者，在名单中，又一次见到了你的名字。虽然我没有成为你的同事，但从此心安然，因为我知道你在那里，便给予更多的关心。并通过各

116

种方式不停地打听你、感受你、默默地爱你。

后来，我遇见了我老公。他没有上班，却在社会上呼风唤雨，因为他有一个好爸爸。我当然知道，在我之前，他有过无数的女人，这个我也不去计较。毕竟，他能看上我这么一个乡下来的女孩，并帮忙找到轻松的工作，我已经够知足了。与他好上了，就断了想你恋你的心。

我的老公在我之前，有一个爱得死去活来的女人，不是别人，正是你的前妻刘凤娇。他们相恋却不能结婚，因为他们的父亲是一直敌对的政客，你死我活斗了很多年。

有一天，我老公向我打听，有没有一个从乡下来的男孩，条件不好也没关系，人纯朴一点就行。他有一个熟人想嫁个"凤凰男"。他的熟人当然是高官圈子里的人，条件肯定很好，那一刻，我就想起了你。我们这些从乡下来的人，在城里打拼多难呀，如果你跟了她，窘况定会有所好转。所以就把你的单位和姓名都告诉了他。当时，我还觉得很奇怪，他居然没让我去做媒。

后来，我想起这事，再问他，他却笑着说："还用得上你介绍？人家孩子都生了。"那时，我多高兴啊，做不了你的爱人，但是能帮你找个爱人去疼你、关心你，是多好的一件事啊。

可我做梦也没有想到，正是我的好心好意，生生把你给害了。

原来，刘凤娇已怀上了我老公的孩子，找你，只是找个屏障，来遮掩他们的孽种。他们的儿子（名义上是你们的孩子）3岁的时候，刘凤娇断然拒绝跟他来往。那时起，他的性情大变，并吸毒成瘾。知道他吸毒之后，我就远离了他，尽量躲开他。但我万万没料到，一次去妇幼保健院做例行检查的时候，特意要求做HIV检测，结果呈阳性。

——我还是从他那里感染到了 AIDS。

没过多久，他死了。我也成了一个等死的人。

庆幸的是，上天给了我与你同行的机会。在组织庐山会议的时候，我蓦然发现你的名字，尽管你名字后面的单位写的是电视台，但那一刻，我就想跟去碰你，不管是不是你。天助我也，曾丽晶恰好有事，我就以她的名义上山了。

与你在山上的那短暂的时光，是我一生中最难忘最美好的回忆。人生有你，有与你相处的这么一段山里时光，我就是天底下最幸福的女人。

我希望你和老婆搞好关系，因为我老公那个孽障已不在了，你们之间应该没有什么大问题的。但是我错了。刘凤娇一脚把你踢开，带着她和我老公生的那个儿子，很坚决地要嫁给我老公那个弱智哥哥，目的是挽救她身陷囹圄的父亲。爱父亲是不错的，但她对你做得这么绝，实在是太没良心、太冷酷无情了。

告诉你这些，并不希望你借此去恨刘凤娇，这样的女人是不值得你去恨的，她没这个资格。我只愿你看清事实之后，走出家庭破碎的痛苦。你那个家，不值得你去珍惜和流连。

你我都是这个世界上的可怜虫、爱的牺牲品。我怨只怨当初没有勇气接近你，和你相识、相恋……可惜，世上没有后悔药。我受到上天无情的惩罚，但我祈求上天一定要好好关照你，你是这个世上难得一见的好男人。好人也许没有好报，但请你相信，你一定不会像我这样一路悲辛、一生惨淡。

林志，我亲爱的，你一定要好好地活。今后，用心去找一个你值得爱的女人，然后好好地去爱她，和她甜甜蜜蜜地过完这一辈子。

你的前半生，没有我的参与，你的后半生，我又不能陪伴。在人世，我只能与你牵手走过那么微小的一个短程。但我的心永远属于你，我的爱永远属于你。

来生，我一定做你最疼爱的妻，生生死死，爱你一辈子。

我在天堂祝福你、保护你，保护世上每一个爱你和你爱的人。还有，明年就是你36岁的本命年了，记得去买条红色内裤啊，驱邪避害，除净一身晦气。嘿嘿，你不会骂我迷信吧。不管是不是迷信，毫无疑问，这都是我内心最真的想法、最诚的祝愿。

别了，我的永爱！

永远爱你的梅

林志泪眼婆娑，大喊一声："晓梅——"
他蹲在地上，泣不成声，远远看去，像一尊下跪的石雕。

18

爆竹声声起，新年说来就来了。

按照曾晓梅的说法，林志去商场买了两条大红的内裤穿上。自己内裤到底是什么色的，这个世界已经没有女人知晓，真正知晓的，已远在天堂。

自打结婚后，林志就没有回老家过过年，年年陪着刘凤娇东奔西走、请客送礼，或者接受请客送礼。今年好了，重新回归一个人的状态，想走抬脚就能走了。

他想回家，回自己久违的老家。

那里有他的父母兄弟，有田有地有山水，还有自己年少时留下的金色记忆。不管世事如何更迭，人生如何悲凉，一回到老家，心就能迅速安宁下来。老家是一剂良药。身陷人生悲剧中的他，需要这味药。

春运的火车永远挤得水泄不通，人乌泱乌泱的，黑森林一般，令人绝望和恐怖。林志准备大年二十八回去，提前好多天买火车票，却还是只买到站票。

这天一早，钱明龙打电话，得知他要回家，就说："你要回家？坐火车多难受啊！我开车送你回去吧，省得挤呀挤！"

林志说："不要了，不要了，这多麻烦。"

钱明龙说："一定要。我在你那边找了一个朋友，女的，想见见她。不好向老婆开口请假，借口送你，这不是两全其美的事吗？"

成人之美，也是一种善。林志乐意接受了这份顺水人情了。

一上车，钱明龙就定好导航，林志系好安全带就呼呼大睡了。他太困了，今天终于睡了一个安稳觉。汽车在高速国道省道和乡村公路上跑了五个多小时，林志也没见钱明龙停车去会什么女朋友。那只他的一个借口，他是真心要送自己这一程的。风风雨雨的事，钱明龙多少已知道了一些，他是怕自己出事吧？林志这么想着，车已到小镇上了。

钱明龙说："到了导航目的地，再往前走，就只能靠你来引路。"

离家已经不远了，林志的心躁动不安，胆怯得厉害。古诗云："近乡情更怯。"对他来说，是再贴切不过了。

车过小时候读书的小学时，林志急喊停车。是的，应该有 20 多年没再进去过吧。现在的教室是二层砖混结构的房子，结实、漂亮、气派。旁边一处平房还在，那是林志上五年级时的教室。

一下车，耳边响来悠扬的歌声，霎时，林志的心平静下来。深呼吸，满是泥土味道，儿时的感觉扑鼻而来。

学校的门紧闭，一把老旧的永固牌铁锁吊在上面，到处锈迹斑斑，破败不堪。透过铁门，林志看到了奇异的景象——教学楼前居然挂上一个大红十字。

是诊所。门上写着坐诊时间：

　　　林延锡一四七
　　　林春平二五八
　　　林堂贵三六九

这三位大夫，都是教过林志的小学老师。现在，没有了学生，学校空了，老师改行，校舍也易色。

林志突然跪倒在地上，放声大哭起来，一声声地哭喊："晓梅，我爱你！"

想起初恋的失败，想到一次次追求女生都因穷困而受挫，想到和爱入骨髓的女人阴阳两隔……林志的心像泰坦尼克号一样，慢慢沉入冰冷的海底。

学校对面唱赞美歌的声音，越发嘹亮了，一句一句，穿透人心。

钱明龙扶起林志，大喊："兄弟，你要挺住啊。到家了，你要开心啊。大过年的，不能让老爸老妈替你担心啊。"

钱明龙慌神了，从来没见过一个大男人，哭成这样。

林志被搀扶起来了，目光散漫地搜寻而去，只见红十字旁边还挂着一块简易木牌，上面的红漆写的字就像是儿时见惯的老师的粉笔字，看似端端正正，实则遮蔽不了那歪斜的本质。

　　从上往下看，那三个字正是——延春堂。

（2014 年）

子墨塔

1

就像老婆饼里没有老婆那样，佛塔没有塔，就一地名而已，历千年风雨，纳百年市声，寂寂然，横卧在城乡接合部。与此相类似的是地处市中心的南海行宫，周遭嘈杂无度，不见帆影，难闻涛声。也无法寻觅古代宫殿的遗迹，旧时残砖碎瓦，掘地三尺也找不到。

温迪从南海行宫嫁到佛塔后，第一次郑重其事地找公公聊天，就拿佛塔说事："爸，佛塔离这里有多远？"

不等公公开口，何修文吃了火药一样，说："你什么意思？这里就是佛塔，你说有多远？你这个问题就像你在家里问离家有多远一样，又搞笑、又弱智。"

"我弱智好吧！你聪明，那我倒要问问你这聪明人，怎么读了初中就不读书了呢？是你太搞笑了吧？哼！"

"读书顶个鸟用！你会读书，上了大学，还不是嫁给了我这个初中还

123

没毕业的人？"

还是这混话。当年，在市八中读书，一进校园就能看到艺术雕塑，一身素白的少女，左手举着一本书，右手托起一只和平鸽，这么高雅的事，居然被他解读出"读书顶个鸟用"。到现在他还拿这说事，该有多无聊。

"那是我瞎了眼，早知这样，才不会看上你这不思进取的人。"

熊子墨听不下去了，提高八度，压制住他们吵闹："好了，好了，你们俩都少说两句，消停一下！老话说的好，不是冤家不碰头，你们啊，就是一对活冤家！"

温迪说："爸，我跟他才不是什么冤家，是仇人好不好！"

"好，好，好，是仇人——我告诉你吧，佛塔村只是名字上这么叫的，根本就没有什么塔。说不定，好早以前有吧，要不然，哪来这样的怪地名呢。"

何修文说："喂！你别理她，她这人就是读书读迂了，问东问西，不是个东西！"

温迪的脸色由白转红，红又转白，抓起茶桌上迷你小茶盏，重重一摔，怒言与青瓷的碎裂声一同迸发："你才不是什么好东西呢！"

熊子墨正言厉色："温迪，你这样可不好！说归说，不要动手吗！"

何修文针尖对麦芒："信不信一巴掌抽死你！"

温迪说："你抽一个看看，敢动我一根汗毛，我就从那里跳下去，死给你姓何的看！"

她那纤纤玉手指向他们的卧室，门上大红喜字，鲜艳如实，像是在嘲讽这对欢喜冤家。透过半掩的门，靠窗摆放了一张梳妆台，上面静立一张婚纱照，千恩万爱的模样，甜蜜得要溢出框外了。才过多久啊，就变成了这个味。

新婚的遗韵就在这吵闹中渐行渐远，进入柴米油盐和吵吵闹闹的日常。

熊子墨顺着她手指的方向，看到满是喜庆的亮红，莫名地涌现一股寒意，大热天，竟止不住地打冷战。打这以后，温迪的手指像神秘的占符，时不时地浮现在眼前，让他眼冒金星，四肢发冷。

他打心底希望她和修文结一辈子的欢喜冤家，不曾料到，她竟会是自己的小冤家。

何母闻声急急忙忙从厨房跑出来，边跑边喊："好了，好了，不要扯七扯八，好生吃饭，你们快坐到桌上来。"看着一地狼藉，她双手在围裙上擦了擦，转身拿笤帚和簸箕，收拾碎瓷片，家里只有扫碎片的叮当声。

也许是椅脚垫子坏了，何修文拉动椅子，动静格外刺耳，就在这当头，温迪把三碗米饭装好，双手托两碗，中间夹一碗，从熊子墨到自己依次摆放好。

一家人坐定，何修文习惯性地往温迪碗里夹她爱吃的辣椒炒肉。

温迪说："我不要了，吃多了辣椒，脸上会长痘，好难看的。"

何修文说："就算脸上长满了痘痘，你也是全世界最好看的女人，是我最爱的女人。"

熊子墨差点喷饭了，连咳了几声，缓了缓神，说："你们这对冤家呀，现世活宝！"

印象中，这是公公最后一次在公开场合把"冤家"一词扣在自己和老公头上。

温迪曾被人戴过很多顶帽子，妈妈手心的小乖乖，爸爸眼里的小公主，同学羡慕的小学霸，同事眼中的小鸟依人，老公嘴里的小可爱、小心肝、小宝贝、小甜甜、小白兔……她其实一点也不小，一米六八的个子，卓尔不凡；圆圆的脸蛋，童颜长驻；白白的肌肤，如脂胜雪；长长的黑发，如瀑灵动。走到哪里，都惹得男人转头，行注目礼。她给人小小的感觉，大概源自浑身上下散发出来的精致和优雅。

何修文除了由内而外透出的霸气，了无他长，个子都没温迪高，才一米六五。

霸气从何而来？家里有钱嘛！钱壮男人胆。

何修文追求她的时候，舍得花血本，手牵手之后，便反复念叨她身上有股妖精一般的香气，让他魂不守舍。温迪觉得自己身上除了洗发水的味道，没别的什么味呀，但女人天生爱听赞美的话，听多了，对自己身上散发香气一事，也就深信不疑了。

那时，她还不甚明了，谎言重复了一千遍就成了真理，等她终于懂了，已沧桑如海。

温迪大学毕业后，很轻松地找到了专业对口的工作——某省直机关的服务中心。温迪像珍视自己初恋一样，看重这第一份工作，立志从基层做起，三五年后做到中层，可是熊子墨却十分鄙夷她从事的工作。

他对何修文说："什么狗屁省直机关，不就是宾馆服务员吗？你说在那样的地方待，再好的姑娘不也要变坏吗？"

何修文说："喂！哪有你这么说话的？她跟别的女孩子不一样好不好。人家大学学酒店管理，当然要在宾馆上班啦。她不嫌弃我没文化就是祖宗烧高香了，我们哪里能说人家工作不好？"

熊子墨无言以对。

2

何修文和温迪是初中同学。

老话说得好，有钱能使鬼推磨。何修文一个乡下孩子怎么能到城区念初中呢？还不是家里有钱。上初二的时候，他才从南郊的佛塔中学转到八中来。对于这个城南来的男孩，温迪一直没什么印象。直到他语出惊人，说了那句"读书顶个鸟用！"，她才开始打量这个野小子。关注只因青春叛逆，喜欢无从谈起。就算怀春之心萌动，她的对象也不可能是何修文，潜意识里，陈尚青才契合她心中白马王子的形象。

十来年不见，温迪对不知从哪里冒出来的何修文，了无印象，直到他提及陈尚青，才知道眼前这个人确是过去的同学。跟她一样，陈尚青也是学霸一枚，只不过后来到了高中，成绩拉开了距离，他考上重点大学，而她只考上一个很普通的专科学校。

为何这个人会来找自己喝咖啡？

迷雾一直笼罩在心间，直到新婚之夜，温迪才知道他的真实目的。不是他多么想见面，更不是约她去咖啡厅坐一坐、叙叙旧，而是他手攥着一封陈尚青写给她的情书。

受人之托，定当义不容辞，做好传情达意的信使。但他偏不。何修文被眼前这个精致的小女生俘虏了，神魂颠倒，生生把陈尚青的委托丢在脑后。

那次跟温迪分开后，何修文毫不犹豫把那封情书撕成万片，扔进河里，转身打电话告诉陈尚青，让他死了那份心，温迪对他没那个意思，已经有男友了。

何修文对读书实在是提不起兴趣，初中没读完，就跟他爸妈做生意，卖腻子粉、看店、接单、送货，跟各色人等打交道，感觉比在学校好玩多了。家里生意越做越大，就在佛塔村偏远的地方租了一栋民房，买来搅拌机和原材料，开了一家腻子粉厂。

按理说，他的人生轨迹与温迪绝无交集的可能。如果不是陈尚青委托他送情书，他俩顶多也就只有在同学会上，趁着吃喝、说笑、打闹，握个手、抱一抱，绝无牵手一生的可能。

缘是不可思议的东西。

几番穷追猛打，何修文像蚂蟥一样难缠，终于让温迪晕乎了。女孩在男孩面前晕了，唯一的原因，就是喜欢上他了。于是，何修文趁热打铁，约她去游玩。

恰好来了一个千载难逢的好机会，腻子粉厂生意蒸蒸日上，第一次邀请主要客户去龙虎山旅游。何修文不经熊子墨同意，悄悄地把温迪带上。

熊子墨初见温迪，惊得说不出话来，心想，哪个客户把这么漂亮的女孩勾引到手，竟然带来一起游山玩水？他努力找不同客户拉家常，平复那扑扑直跳的心，一边用余光打量温迪，发现她身边竟无人陪伴，终于横下一心，走到温迪面前，刚想伸手出去，只见儿子从卫生间跑出来，跟他介绍："喂！这是我同学温迪。"转而给她介绍："温迪，这是我爸。"

温迪看出了熊子墨的不自在，主动伸出手去，跟他打招呼："叔叔好！见到你很高兴。"

熊子墨是个很自我的人，一向把何修文都不太当回事，总觉得他20出头，还是个长不大的孩子，做的事、说的话，没个正形，应不到正点。但这一次，熊子墨放下身段，第一次像对其他成熟男子一样，对待何修文，对他所说的"她跟别的女孩子不一样"，深信不疑。

这小子长大了，有出息了。

温迪跟别的女孩子确实不一样，眼睛像大雨洗过的碧空，透着亮蓝的光，举手投足和生意场上所见到的女人，完全是两码事。她竟然让阅尽春色的熊子墨走神了！

就在熊子墨神游四海之际，扩音器里传来导游解说："各位游客，仙女岩马上到了，男人看了笑哈哈，女人看了羞答答……"

大伙围在一起看仙女岩（生命之门），女人们哪有什么羞答答，甚至比男人还笑哈哈，唯有温迪脸上红云飘，那一低头的娇羞，让人看着心软，像一杯烈酒让男人醉倒在温柔乡里。

熊子墨阅人无数，确信会害羞的女孩一定不会坏，就像是一朵圣洁的莲，出淤泥而不染。

下山后，他把一张银行卡塞给何修文，说："追女孩子要大方一点，去买辆汽车吧，刮风落雨，也好接送她。"

提车的时候，何修文开到江边上，四顾荒芜，渺无人烟。风里透着爱的色彩，江风阵阵，汽笛声声，两人忘情地拥吻，恨不得长到对方身体里去。

回程的路上，温迪告诉何修文："你还记得咱们班同学陈尚青吗？他来我酒店开钟点房了，还假装不认识我，但烧成灰我都认得出他来。这个人真是，还是重点大学的呢，居然也做这样见不得人的事。"

开钟点房的那点事，路人皆知。

何修文惊问："他带谁一起去开房的？"

温迪说："也是咱们班的，叫秦怡，还记得吗？"

温迪之所以记得这么清楚，因为秦怡这个人太特殊了，比何修文先一步退学，原因是她怀孕了，要回去嫁人。何修文对秦怡更是永生难忘，因为他把初吻献给了她。那时年纪小，啥也不懂，多年后，每每忆及斯人斯事，他总恨恨不已，酒后难免要对人吹嘘一番："要是当时懂了，我早就上了她！"

而今，秦怡早已为人妻母，陈尚青还跟人家纠缠在一起。

再次听到秦怡的消息，竟然是通过温迪，何修文觉得太滑稽了。更让人惊奇的是，那个口口声声说爱温迪的陈尚青，脑子怎么短路了，带秦怡去开钟点房！这个世界到底怎么了？何修文实在搞不懂，不停地摇头，一副哭笑不得的样子。

温迪问："你怎么啦？"

何修文把车停在路旁，问："你说的是真的吗？"

温迪说："这还有假，你不知道我上班的时候都戴眼镜吗，什么都要看清楚，要不然，出了差错，可是要扣钱的！"

何修文说："我们也去开钟点房吧，就去你酒店。"

温迪恼了，口不择言："你有病吧！同事都认得我，亏你想得出来！"

何修文嘿嘿一笑，赶紧改口："好吧，那就换一家呗！"

温迪"哼"了一声，把头一歪，看向车窗外，默不作声。

何修文发动汽车，以80码的速度，奔向最近的一家宾馆。

这将是改变人生，改变温迪和自己——少男少女进去，男人女人出来。想到这，何修文不禁吹起口哨来。

温迪说："你真要去啊！"

何修文继续吹口哨，转头看了她一眼，重重地点了点头。

温迪说："这样不好吧！"

何修文当然知道她会这么说。女孩子嘴里的不好不要不行不可以之类的话，有的时候就得去掉否定词来听。十四五岁的时候他一窍不通，现如今他已经22了，看惯风月，沧海之心难为滴水状。

温迪的嘴里那喷薄而出的"不不不"，成了他进攻的号角。

温迪还是处女。

这是何修文没预料到的，惊奇之际，似乎看见了幸福来敲门。

在他不长也不短的情史里，永远不缺女人，但从未碰到过处女。他有点后悔过早把她变成女人，早知如此，应该听她的，把初夜留到新婚之夜，特有纪念意义。但转念一想，好东西，自己哪里留得住？小时候有包糖，妈妈说要藏好，留到次日慢慢吃，他可做不到，半天工夫，全部藏进了自己肚子里。

从咖啡厅相见，到龙虎山一游，何修文花了3周；从龙虎山回来，到把她变成女人，花了3个月；从把她变成女人到结婚，仅仅3天时间。

这就是何修文的速度。

提车的当晚，何修文向家里提出要跟温迪结婚，熊子墨欣然应承，但他妈妈坚决不同意。

何母把儿子拉到身边，语重心长地说："怎么我事先一点都不知道？她是什么样的女孩子？是不是贪图我们家的钱财？"

何修文第一次发现妈妈原来也会干涉自己。

在妈妈面前，他早习惯了独来独往、为所欲为，突然受到这么"关心"的待遇，一时无法适应。当年退学，妈妈说，管他怎么办。后来，看店又看厂，妈妈说，随你怎么做！而今，他说要娶温迪，妈妈居然不同意，这激起了潜藏在内心很长时间的叛逆心理，犹如死火山复活，火焰一飞冲天，足以毁灭人间的一切！

何修文处在青春叛逆期的时候，妈妈从不管他，对他的任何选择、任何举动，只化作一句"管他呢！"这让熊子墨怀疑何修文是不是她充话费送的。那时，熊子墨和何修文妈妈还处在浓情蜜意的新婚阶段，两人极尽缠绵之能事，享受人生甜蜜，对于其他人事，有些忽略，也在情理之中。

何修文小学毕业，爸妈分道扬镳，他归了妈妈，姐姐跟父亲过，家一拆两半，让他极受打击。浑浑噩噩混了一年，熊子墨走进他的生活，成了他的继父。何母在村里给人看店，卖水泥和沙子。那时，熊子墨也刚离婚，在佛塔租个房间，找她买水泥糊墙，一来二往，两人就熟了，对上眼了。

婚后，两人开了一间小店，专卖腻子粉，兼售水泥和沙，像是挖到泉眼一样，他们财源滚滚。这得益于席卷城市的房地产开发。

一个继字，没隔断这一大一小两个男人的交流，外人看来比亲父子还要亲一些，但到底有多亲，只有他们两个人自己知道。何修文从不喊熊子墨爸爸，也不喊叔叔，无论在什么场合，非得用称呼的时候，他就一个"喂"字代替。熊子墨从来没碰过他的身体，摸摸头，拍拍肩，或者拥抱等亲昵动作，对这对半路父子来说，是遥不可及的奢望。

距离有时是生分了，有时也是出于自我保护的本能。他们隔着这不近不远的距离，在同一个屋檐下，相安无事。

就何妈妈阻婚的当头，这对继父子达成了空前的默契，突破以往的距离，有了兄弟般的亲密，亲父子般的和谐。

何修文被气哭的时候，熊子墨走上前去，第一次抱了他，拍拍他的肩，鼓励他："男子汉大丈夫，不要哭鼻子，赶紧通知你朋友来参加婚礼吧！你妈妈这边，我来做工作。一切都没问题。"

落难见人心。那一个拥抱让何修文感受到父爱的重量，他甚至在心里轻唤了一声"爸爸！"打那以后，他喊"喂"的次数少了很多，正儿八经地喊"熊总"了！

不管熊子墨怎么做工作，何母最终还是没有出席儿子的婚礼，他的亲生父亲和姐姐倒是过来了，但没有上台致辞。

婚礼上，熊子墨代表新郎家长发言，言辞凿凿、情意深深，没有小暴发户的傲气，有的是那种见过世面，经过风浪的男人的大度、宽厚和仁厚。知道内情的人更加敬重他，不知他家实情的，也觉得这爸爸行事有风格、说话有水平，护子心切、爱子情深。

温迪见过几次何母，一次在大街上、一次在厂里，但都没聊几句，对于婆婆缺席婚礼一事，她耿耿于怀，觉得以后跟老人家相处必有不可调和的矛盾。一个屋檐下过日子，那该怎么办呀？

温迪追问何修文："咱们婚礼，你妈怎么不来？"

何修文借口老妈身体不舒服来不了。但就算身体再不舒服，儿子的终身大事怎么能缺席？最后何修文答非所问："我妈不来，你管她呢，我爸不是来了吗？"

直到这时，温迪才明白再婚家庭多么尴尬，两个爸爸，两个妈妈，都想亲，又都不亲的，扁担一头不靠，就两头塌了。亲妈不来，多半是不想见到他亲爸，这么一想，温迪的心稍稍放宽了些。

其实，跟何修文妈妈反对这场婚事一样，温迪父母也不同意女儿嫁给何修文，原因是太仓促了。何必搞得跟火烧眉毛一样，由此必然伴生轻率和鲁莽，这可无法承载婚后一生的幸福。婚姻不是儿戏，得慎重行事。

对此，温迪解释说："这有什么仓促的？我们都认识十来年了。"

温妈妈说："以前你们还是小孩子，都懂什么呀！这么多年他变成什么样了，你哪里知道？"

温爸爸说："你们再谈谈看，不要这么急着结婚，你刚大学毕业，等几年也没事。"

温迪说："那可等不起，我肚子里都有他的孩子了！"

就这一句，把爸妈都给顶了回去，所有杂音都消失了，取而代之，是应和之声。小家庭个个分头行动，加入婚礼筹备中来，就连一向不搭理她的哥哥，也忙上忙下，比筹备自己的婚事还上心。

哥哥温启三十挨边，还没找到对象，妹妹先他一步踏入婚姻的殿堂，从风俗上来讲，是不好的，但是在温迪制造的"我肚子里有他孩子"的重磅炸弹面前，什么机会呀、风俗呀，先来后到呀，统统灰飞烟灭。什么是王道？肚里的孩子就是。

温启很激动，婚礼头天晚上，竟然哭成了一个泪人似的，演绎了一出现代版的哭嫁。

百年南海行宫，千载佛塔，婚礼举办过无数回，但像这样新娘的哥哥哭嫁，新郎的妈妈跑路，真是闻所未闻。只不过知道前者的不多，知晓后者的不少，传来传去，佛塔人都以为新娘太厉害，把老娘吓跑了。

其实比这更荒诞的事，也有一桩。

婚礼前夜，哥哥哭得死去活来的时候，温迪收到一对耳环，快递到付。温迪平时买东西，碰到不包邮，邮费都会提前付清，快递师傅要她准备快递费的时候，她断定这不是自己买的宝贝。

原来是陈尚青送来的结婚礼物。

初中同学知道他们结婚后，同学群里成了祝福的海洋，天下所有美好的词汇，都被他们搜罗而来，献给这对同学夫妻。红包一个接一个发来，这其中也包括了陈尚青的。送了红包，又额外寄送礼物，陈尚青葫芦里卖的是什么药？

温迪在拆快递前，压根不知道是一对铂金耳环，镶了两颗钻，一看就价值不菲，里面还有一张折成心形的字条，上面写着：

迪，明天婚礼记得带上它！

你是这个世界最美丽的新娘。

祝你 xing 福！

你的同学：尚青

xing 福是什么鬼？

跟自己老公结婚，要带上别的男人送的耳环，这成何体统？怎么可能？

再说她还没打耳洞呢，怎么带？

温迪嗅出其中的微妙来，赶紧喝止哭得昏天黑地的哥哥，让他按照快递上的地址把这东西原样退回。

真是莫名其妙，花了 15 块钱快递费，还要劳烦哥哥把收到了礼物退掉。

多么荒诞！

多少年后，一想到婚礼前夜的那个礼物，温迪就觉得陈尚青这荒诞之礼，其实是自己荒诞婚姻的神性开关。

打开后，是什么？她无力回答，甚至连回忆的勇气也没有。

4

婚礼上，何修文携温迪敬完一圈酒，最后才到初中同学这桌来。

花样挺多，有人递过一小碗泡了白酒白醋的鸡屁股逼新郎吃，还有人提议他们喝交杯酒，有人要他们当众亲嘴，把闹洞房的招数，提前带到了婚礼现场。

在闹哄哄的人群中，温迪发现了陈尚青与众不同的眼神，这哪是目光，简直就是喷火器，欲把她烧成灰烬。

温迪心怯，不敢直视，为了打消内心的恐惧，特意向他打听："秦怡怎么没来？"

陈尚青说："我不知道呀！是不是你没邀请？"

怎么可能没邀请？温迪心想，你装得倒挺像嘛！想当初怎么有胆带她去我工作的宾馆开钟点房呢？

就在温迪和陈尚青刀光剑影地你来我往的时候，何修文一杯一杯跟同学干上了。

熊子墨适时过来对全桌人说："大家不要再劝修文喝酒了，他已经醉了。"转而对温迪说，"你快扶他回去吧！"

语音刚落，何修文腿脚一软，瘫倒在地，几个男同学丢下碗筷，搀扶他起来，陈尚青作壁上观，冷眼看热闹。

这是温迪第一次看见何修文的醉态，尴尬得要死，还没卸掉新娘妆，便感受到一股从来没有过得不自在，内心滋滋地萌生出莫名的羞辱。

离席后，同学纷纷回家去了，最后扶何修文到婚房的是温启和熊子墨，一个是30不到年轻的小舅子，一个是40出头的继父。

看到眼前这一幕，温迪心生感慨，同学一场，感情再深，也不能陪你走太远，世上最难得的是亲情，伴你走过每一个开心和不开心的日子。

等到熊子墨把温启送出门，喜气洋洋的婚房内，只剩下新婚的他们。温迪根本不知道喝醉了酒的人会有那么多话，颠三倒四、语无伦次，像复读机一样，反反复复，只说一句话。

何修文新婚之夜没有喊自己老婆，更没有做他爱做的那事，而是喋喋不休，念叨一个人——陈尚青。

"你知道吗？陈尚青不爱秦怡，他爱的是你。知道我为什么去找你喝咖啡吗？是陈尚青要我给你送情书。那个情书，写得真好，有文化的人就是不一样！

"我就佩服陈尚青，重点大学的学生就是牛！"

"陈尚青有个毛用？他爱的女人他有福享受吗？还不是成了我的老婆！哈哈……"

"温迪，你过来，老子开心死了！我有老婆了。温迪，你是我的，我的，我的，不是陈尚青的，不是。你是我的老婆！我的老婆！"

新婚之夜，温迪感觉到一股寒意，这可是仲秋，热得要死，不开空调没法活的季节呢！

何修文满口的胡言乱语，温迪过了一遍大脑，终于明白，陈尚青为何要求在婚礼上带他送的耳环。活该他找不到女朋友，起初没有胆量表白，终于有了，却又乱表白。他才真是读书读迂了，不谙人情世故，不懂讨女孩子欢喜。话又说回来，他又是怎样把有夫之妇秦怡勾到手，带去开钟点房的呢？

熊子墨推门进来，对何修文说了几句，此时，他已鼾声如雷。

熊子墨对温迪说："他今天特别高兴，喝高了，男人喝多了，喜欢胡言乱语，你不要太在意。"

何妈妈进来，对丈夫说："你管他呢！现在他有老婆管着。回去睡吧！"

长辈回房去了，温迪面对酒醉的丈夫茫然无措，想起父母劝自己不要太冲动，突然抑制不住抽泣起来。

天一放亮，何修文清醒过来，随即恢复常态，对她关心备至，让她找到之前他的可爱模样。温迪的头脑里进出两个词来：天使和魔鬼。

早饭的时候，熊子墨郑重地提出，不让温迪再去宾馆上班，正经人家的媳妇怎么能去那种地方工作。温迪不高兴了，说："宾馆怎么啦？我们在前台搞接待，哪里就不正经了？我们大学同学都在酒店里上班，哪个不是正经人家出身？"

她把郁积一宿的怨气，全搬了出来，但是没有丝毫的畅快之感，反而感觉更加压抑。

熊子墨说："别人家不管，反正你踏进这家门，就不允许你再回酒店上班，你不上班，家里可以养你，你要是感觉烦了，可以去厂里帮忙，反正厂里也缺人手。"

"我才不听你的呢。就要回去上班！"温迪一气之下，丢下饭碗，跑回了娘家。

婚礼次日是新婚夫妻回门（回娘家）的日子，怎么只见女儿，不见女婿呢？

温迪的父母又急又气，又不好向女儿打听，就那样干着急。直到何修文提着大包小包气喘吁吁地赶来，才知道问题出现在女儿的工作上。

温妈妈说："修文的爸爸说得对，你还是别去那里上班了吧！宾馆有什么好的，三班倒，没个正点，累死人了。"

温迪说："我就不！一嫁人就不上班，那不成了吃软饭的，会被人取笑的。"

温妈妈说："这有什么可取笑的，命好，不用上班，人家羡慕都来不及呢！"

温迪在内心嘀咕，你们真是不可思议，这有什么好羡慕的，女性不独立，哪里会有地位？

她没听从长辈的安排，坚持到了最后。婚假一过，回到宾馆上班。不过，也答应他们，肚子大了后，自动离职，居家待产。为了给厂里添人手，拉哥哥温启来厂里做销售，何修文开拓省外市场，温启负责稳住省内业务，双剑合璧，威力无比，生意火火红红。

一个家渐渐有了暖色。

新婚之夜的不快，慢慢散去，有时他们还会拿他醉酒的事开玩笑呢。

没过多久，熊子墨在同一单元的楼上，又买了一套房子，让年轻人搬上去住，吃饭就下来，这样一来既有独立的空间，又不会疏远，一碗热汤的距离，恰到好处。

温迪开着车上下班，成了宾馆的一道风景，让前台小姐妹和客房的阿姨们艳羡不已。

她们打趣她："迪妹妹，你使得什么法子，傍了一个大款？"

温迪给她们翻白眼，说："什么呀，我老公哪是什么大款？他是我同学，追着我不放，不嫁给他都不行，要死要活的！"

熊子墨曾两次来她工作的地方"微服私访"，一次见她一手操作电脑，一手握听筒，给客户解答问题，忙成那样，还保持着得体的微笑，真不容易。还有一次是深更半夜，温迪值晚班，一个人趴在前台桌子上，见他来了，着实吃了一惊："爸，你怎么来了？"熊子墨说："这么辛苦？何必呢，明天把这工作辞了吧！"

在家里，他要是这么说，温迪一定会暴跳如雷、反唇相讥，但是迷迷糊糊中，她竟然没有一点怨气，而是拼命点头。

感动，像夜的黑，将她团团裹住，让她丢盔弃甲、放弃成见，说出来的话，也柔软了三分，春风拂柳似的妖娆。

结婚后，老公从来都不会过来看一下，反倒是公公深更半夜来问候，是不是男人把女人追到手后都这样不珍惜？还是何修文断奶期太过漫长，不懂怎么体恤自己的女人？

熊子墨放下一杯冰绿豆汤，转身离去，消失在暗夜里。大堂的旋转门，转了好半天，温迪看得有点晕，再也睡不着，冲着虚弱的夜，发呆。

5

温迪辞职了。

是妈妈在催促，也是自己心急。

立春都过了，她的肚子还扁平如初，不是说奉子成婚吗？怎么的也该显肚子了呀？

所有的谎言都有大白天下的时候，现在，她终于露馅了。

她要为何家三代单传负起责任来，于是，一心一意在家备孕。

两年过去了，温迪的肚子还没大起来。

这对于一个家业越来越大，盼子之心越来越强烈的何家人来说，已然是一件天大事。

听多了家人邻居的闲言碎语，看够了生人熟人热眼冷目，温迪很无奈。这是哪跟哪儿的事呀。她决定去做试管婴儿，最好是一对龙凤胎，儿女双全，多好。

刚结婚的时候，何修文戒烟戒酒，力争造个健康宝宝，久久不见动静，便慢慢消磨了意志，又抽又喝，还背着她去嫖女人，快活似神仙。酒醉之后，被人送回家，遭殃的就是温迪，他打人不打脸，专虐她私密处，掐大腿、捏乳头，新伤迭旧痕，她还不好意思跟人说，也不好意思喊疼。

有一次，温迪实在受不了，尖声叫唤。

那时，一家人还住一起，第二天一早，何妈就提醒她："晚上做那事拜托不要那么大呼小叫好不好？吵得人不能安生！"

温迪说："是你儿子打我！"

何妈说："打你？拿伤给我看呀！"

她那带着不屑和讥讽的眼神能把人淹死，温迪恨不能找到一条地缝，钻进去算了。

温迪不愿意在家待着，想去厂里做事，但熊子墨不同意，腻子粉厂还是个小作坊，办公区和生产区密不可分，环境实在太糟。这样对大人也许没事，但对下一代，肯定不好。

何修文最终也答应去做试管婴儿，因为一次又一次的检查结果显示，温迪那边没问题。能正常怀孕，自然是再好不过的了，不行，也没关系，现在医学这么发达，做人工辅助生殖，也没什么大不了的，现在做的人多了。

为此，何家上下，达成共识，一致要求对外做好保密工作。

世人不问过程苦不苦，只看结果好不好。

十月怀胎，一朝分娩。温迪终于生了。

何修文一家人得知温迪生了一对凤宝，脸上着实挂不住了，说出来的话尖酸刻薄，像把软刀直挖人心。她不想看那一张张死鱼一样的脸，出院后，直奔南海行宫，住回自己娘家。

这期间，何妈妈来看过一次，送了5万块钱，何修文来过三次，一次是给她送衣服，一次给女儿送奶粉，还有一次是给女儿送纸尿裤。熊子墨倒是一次都没来过，但他一天一个电话，拉拉家常，通话时长像江南的秋天，短到几乎无感。这也难怪，本该何修文来关心的，却劳烦公公来做。温迪打心底不愿接这样的电话，但铃声一响，还是立马接通了，毕竟，有人关心的感觉，还是不错的。

佛塔已然被城市化了，但人心还是乡土的，挣再多钱，没生个儿子，街坊邻居瞧不起，自家人出门也低人一等，矮人三分。自小在城区长大，温迪只觉得这些佛塔人，思想太落后，实在太搞笑。但习俗积淀千年，想冲破谈何容易？再怎么逞能，结果还不是落得大隐隐于市，躲到娘家来住。

女儿们满百日，何修文才把娘仨接回佛塔，办了一场规模不大的百日宴。

当夜，温迪和何母暴发了一场激烈的冲突。

何妈妈指桑骂槐："真是没本事，别人花五六万做试管婴儿，一生两儿子，你却生两个狗都不吃的女儿！"

何修文说："妈，怎么说话呢？少说两句吧！"

何妈妈说："我就这么说话，怎么啦？我在自己家想怎么说就怎么说，你管得着吗？"

温迪哪受得了这种气，冲何妈妈说："你装什么装！生不生崽取决于你儿子。他没本事，你还好意思在我面前大呼小叫？有病吧你！"

何修文过来解围，对妈妈说："下次再做一次，就是了。"

温迪火冒三丈，冲老公吼："还做？你想得到美，老娘受的苦，你又不是没看到，打死我也不会再做啦！"

她把手里的奶瓶重重地摔在地上，牛奶撒了一地，倒映出一张张变形的脸。

家，彻底安静了。然而每个人的心里，从此，永不得安宁。

6

温迪到了厂里上班后，发现了一大堆漏洞，也许熊子墨视而不见，也许他能力所限，根本就没发现。她没有把一切道破，而是一点点织补，将漏洞堵塞住，局面大有改观，生意如虎添翼，积存越来越多。

142

有了温迪的加盟，熊子墨感觉轻松了许多，下班的时间都提前了。

一天，他路过一家小便利店，想买包烟，柜台居然没人，喊了几声，从里间传来一个黄莺般的女声："来啦！"

半天不见人影。

熊子墨循声而去，发现一个女人在教一个手臂满是刺青的小愣头青玩水果机。他有点怕这样子的不良青年，但见那女子，气血红润，温婉柔雅，脚就不受控制，走了过去。

于是，便利店年轻的老板娘教他们一老一少怎么玩水果机，硬币哗哗哗地响，直到天黑，两人还玩得不亦乐乎。

熊子墨跟刺青聊了几句后，怯意退去，感觉这小子蛮单纯，挺可爱的，甚至想招他进厂做事，让他不要在这儿沉迷赌博机。后来，他多次去那家便利店，却再也没见到刺青，老板娘告诉他，那人被公安抓进去了。

刺青一直喜欢便利店的老板娘——熊若黎，直到她结婚生子，还是为之着迷。他一直单身，也无正经工作，闲来就在她店里玩赌博机。这一组水果机子不是熊若黎置办的，别人放在这，定期来收硬币，跟她三七分成，这样一来，每月也就多出了近千元的收益。

玩久了，熊子墨也迷上了水果机，每天下班都会来这买包烟，坐在小凳子上，玩半个小时，输赢百把块钱，对他来说，不值一提。人到中年，钱不是第一位的，开心有时更难得。

他玩的时候，有时是若黎看店，有时是她老公，或者她公公婆婆，他和她家所有人都聊得来，但只和熊若黎一个人说心里话。

若黎家不知道熊子墨是做什么的，他们只管倾听，从不乱打听。店家不打上门客，来了个个都笑脸相迎，走时，热情相送。

然而谁也没料到有一天熊子墨会不再光顾。

直到那个突发事件传到熊若黎的耳朵，他们一家都不敢相信那个每天无所事事玩水果机的中年男子，竟然是顶呱呱集团的大老板。

7

那件事，谁也找不出确切的原因。

但细细追究，总还是能找到蛛丝马迹的。

变化最大的当属何修文，见妻子死活不再做试管婴儿，心浮气躁，破罐子破摔，频频约外面的女人开房。他家大业大，多少漂亮女人都围着他转，只要他想玩，女人不是问题。

这事传到温迪耳朵里，两人吵了多次。到最后，何妈妈也来劝温迪："世上没有不偷腥的猫，男人就那副德行，只要他还顾家，还亲孩子，又不抛弃你，你管那么多干啥？"

最不可思议的一次，温迪左手牵一个，右手牵一个，把何修文堵在一家酒店门口。副驾驶坐着一个妙龄女子，车上两人，车前三人，就那样尴尬地对峙。后面一长溜车拼命地按喇叭，温迪不为所动，执意不撤，逼迫丈夫下车承认错误，向她道歉！

何修文恼羞成怒，打开车窗："让不让开，信不信我撞死你？！"

温迪针尖对麦芒："姓何的，今天你不给我下来，休想跑掉，信不信我撞死在你车上？"

何修文一急，猛踩油门！说时迟，那时快，站在边上的三个保安把母女三人推出车道，避免了一场悲剧的发生。

何修文驾车跑了。

温迪没控制住自己，像所有佛塔女人一样，哭天抢地、寻死觅活。她知道自己那样很不好看，有损自己的范，还让女儿受惊讶，甚至被家人瞧不起，但一念之差，就那么放任了自己。为此，她后悔了很久。

事后，温迪提出离婚，跟这样一个没有人性的恶魔，一刻也过不下去。

谁知何修文使尽了哄女人的招式，左哄哄、右劝劝，又是换新车、又是送豪礼，还带她环游北美，再坚硬的心也软了下来，再冷僵的气氛也化解了。也是为了女儿。没有了自己看护，那个家那么嫌弃女孩子，想想都可怕。她能怎么办，只有将就。

到最后，温迪还是何修文的妻子，两个女孩的妈。

她不是向生活举白旗，而是向柔软低头。温迪不怕你硬，只怕你柔软，你硬她更硬，你软她比你更柔软。细细说来，世上哪个女人不恋温柔呢。

何修文见好就收，不再拈花惹草，依红偎翠，但是偶尔碰到一个赏心悦目的，形式更为大胆、行为更加隐秘。他想，就算那些花花事闹得满城风雨，老婆应该也是最后一个知道的。

说到底，男人手里有几个闲钱，又有那么一点闲工夫，没几个能在美女面前做到老僧入定那样。纵然何修文不是陈世美，也绝无可能做到柳下惠那样见色不动心。

何修文以为温迪什么都不知道，温迪也假装成什么也不知道。其实，她门儿清，毕竟她做过宾馆服务员，也当过大堂经理，何修文什么时候在哪开房，她只要想知道就没有什么不可能。鼠有鼠踪，蛇有蛇径，温迪虽然成了厂里的骨干，但宾馆里还有在同一战壕里工作过的老同事、好姐妹。

温迪从不动用过去关系，对何修文选择性失明，一心扎在厂里，协助熊子墨把业务搞好，把公司做大，工作和孩子成了她生活的全部。

　　就在她对何修文算是彻底死心的时候，另一男人将她僵硬的心，复原成一汪东去的春江水。说来，还是醉酒惹的祸。

　　何修文在公司就是一个销售总监的角色，在家，老婆又置之不理。排遣心烦，除了外面的女人们，就靠贪杯。酗酒，成了他渔色之外，最大的爱好。

　　起初醉酒，他只是骂骂咧咧，发泄一通，一夜闹够了，也就算了。后来，演变成了打人，打女儿、打老婆。温迪为了保护孩子，让女儿跟奶奶睡，她料想，何修文再怎么凶，也不至于把她怎么样。但她想得还是太过天真了。

　　恩爱时，温迪的伤隐在衣服下面，现在，只要何修文醉酒，第二天，温迪的伤痕就成了公司员工背后议论的话题。她跟人解释，健身的时候，不小心碰伤的。但明眼人都知道，温总神色恍惚，言不由衷，这里面一定有故事。

　　有时，为了避开那个酒疯子，温迪就在离公司不远的新家住下。

　　这天，她刚刚躺下，就接到电话，说何修文喝醉了，要她去接。

　　温迪说："就让他死在外面吧，别吵我睡觉。"

　　挂了电话，何修文一直往她住的新房子打电话，要她一定去接。本想打电话给哥哥温启，想到他正在恋爱，时间宝贵，也就算了。于是，将编辑好的短信，改了几个字，发给了熊子墨。然后，关机，拔掉电话线，安心入睡。也许工作压力太大，最近睡眠不太好，有时得服安定片，才能睡个囫囵觉。

　　半夜，何修文在熊子墨地搀扶下，还是进了新家的门，一把拉她起床，质问她为何不来接。温迪瞬间火大了，猛抽了他一耳光。

　　何修文也不示弱，抢拳就打，好在醉了，动作夸张，实则无力，也不利索，躲闪容易。熊子墨费尽心力，把两边都安抚好，然后，起身要回去。

温迪说："爸，你回去吧。这里没事。"

就在他准备关门离去的时候，何修文说："臭婊子，今天你不给老子面子，不来接我，我要宰了你！"

熊子墨赶紧折返，然而已经迟了，他们扭打在厨房，女人毕竟是女人，力不可支，被菜刀碰伤，血流不止。熊子墨见状，先把何修文手上的菜刀夺过来，丢在地上，然后抽了何修文一耳光，随即把他扔进卧室。

何修文哈哈大笑："打得好，要不然，我真要把那个臭婊子杀掉。"

熊子墨说："哪有你这么发酒疯的嘛！"

他把卧室门反锁，让那个酒疯子一个人待在卧室里。

温迪白皙的小腿上，有一道模糊的血痕，血流不止，看得人心里发瘆。

熊子墨拉她去医院，她死活不去，说："今天我就要死给那个疯子看！"

熊子墨说："你不能这样！"

说罢，到处找药箱，一阵手忙脚乱，好不容易，帮温迪清理了伤口，包扎好，感觉自己都要虚脱了。

他边操作，边骂何修文不是人，怎么能对老婆动刀子、下毒手。

此时，卧室已无动静，传来震天似的呼噜声。

温迪一直忍着，不喊疼、不叫屈，看得熊子墨心疼不已。他们俩对坐在两步之内，默默无言。过了很久，温迪流泪不止，滴滴泪珠像是来自心底深处的血。

熊子墨缓缓挪过身子，轻轻地把她搂进怀里，她无声地反抗，但终究没能挣脱，只好任他抱着。就在她微闭双眼的时候，耳畔传来他温热的呼唤："小冤家！"

深夜三点，温迪说："我怕，不想你回去！"

熊子墨说："不行的，小冤家，他会说的。"

温迪知道，何修文早已醉得不省人事，什么也不会说，那个会说他的人，是何妈妈。

温迪把熊子墨送到门口，两人无声地抱了一会。

他说："你真香。"

她说："路上慢点开。"

她轻轻地合上门，关门声显得特别响亮，落在她心里，不亚于一次爆炸。

8

温迪入主公司两年后，腻子粉厂迁出千佛塔村，搬到距离市区很远的郊外，厂区翻了好倍，业务成几何数递增。

这样一来，熊子墨再去熊若黎便利店，就不太方便了，也没时间。不能玩水果机，让他深感焦虑，又有无尽的想念。

熊若黎倒没感觉出什么异常，只是家人凑在一起的时候，想起那个来买烟的男的喜欢玩一下子水果机，怎么突然就不来了呢？毕竟不知那人是谁，一家人也就没往深处探讨了。

那件事发生之前，熊若黎还是接待过一次熊子墨。

冬至那天，老公带公婆和孩子回老家乡下祭祖去了，只有她一个人守店。

"数九提冬"是从冬至开始的，天气还不算太冷，有深秋的寒意。店里无人光顾，熊若黎闲来无事，低头玩手机，突然头顶传来熟悉的声音："买包烟。"

是熊子墨。

有段时间没来了，熊若黎丢下手机，说："叔，你好久没来照顾我生意。"边说边拿一包软中华递给他。

熊子墨说："我们厂搬走了，来这里不顺路，所以没来了。对了，水果机还在吗？"

熊若黎说："不好意思，上次清理队过来清走了。你坐会呗，我给你拿瓶水。"

隔着柜台他们相对而坐，有一句没一句聊了起来，一个感叹小店生意不好，一个感叹家里不太平，天天吵死人。从午后到天黑，他们聊了多久，聊了多少，熊若黎事后回忆起来，还很心惊。

那天晚上，熊若黎给熊子墨做正宗的肉丝炒粉，煎了两个荷包蛋，做了两道菜，辣椒炒鸡丁、香菇小青菜，打了一个西红柿蛋汤，熊子墨大呼吃得过瘾，吃得带劲。

临走，熊子墨说："如果你这里生意不好做，就找我小冤家吧，让她安排你在厂里做事，你这么机灵，文员肯定没问题。"说罢，把她小冤家的姓名和手机号报给她。

存好手机号，熊若黎问："小冤家是你什么人？"

熊子墨说："我儿媳妇。"

说完，他钻入夜幕，消失在灯火阑珊处。

回到家里，何妈妈又一次揪着温迪不放，催她去做第二次试管。

何妈妈说："女人再大本事，挣再多的钱都不如给老公生个儿子。你个贱货，天天跑厂里做事，挣钱有什么用，钱会说话吗？只有人才会说话啊！你挣那么多钱，留给女儿，到最后女儿连人带钱全给了别的男人，你懂吗？"

温迪火了，把面膜撕下，重重摔在地上说："你这个老贱人，敢骂我贱货，告诉你，老娘打死也不会再去做试管。你再说，明天就跟你儿子离婚！我净身出户，惹不起，躲得起。"

何修文连哄带骗把妈妈送回楼下的家，转身上来，对温迪破口大骂："你算什么东西，敢对老人家破口乱骂？"还好他没喝酒，要不然，非上菜刀不可。

温迪什么都不说，自顾自地摔东西，见什么摔什么，楼下听得清清楚楚。

何妈妈想冲上去，被熊子墨拉住了，他说："你冲上去，只会火上浇油，小两口吵架，床头吵，床尾和，管他呢。"

没过一会儿，摔东西的声音没有了，两口子的吵闹声，移至室外。路过他们家门口，还是刻意忍受了一下，渐远声渐小，转移至一楼绿化带去了。

熊子墨夫妇知道，这是他们的规定动作，温迪怕吵架吵到楼下的他们，总会拉何修文去一楼争长论短，吵完了消气，再回家。

但这次不一样，他们吵吵闹闹，路过他们家门口的时候，熊子墨清楚地听到温迪在哭泣。这是他第一次听到温迪哭，哭得像个无助的孩子。上次，她被伤成那样，都不曾哭过，这一回，是被伤透了心，还是另有其因？

熊子墨的心里像打翻了一个五味瓶，脑海里又浮现了温迪那魔幻般的玉指，指向一个空茫的所在，那里仿佛藏着暗物质，具有宇宙第一的强大引力。

何妈妈也听到了，幸灾乐祸，说，不给何修文生儿子，哭死也没用。

他们在小区绿化带吵架的声音时大时小，传到家里，依稀能听见。

熊子墨说："不行，我要去看看他们。"推开防盗门，也没关上，直冲楼上去。

何妈妈说："你往哪儿去？他们在楼下吵，你跑楼上去干吗？"

熊子墨的声音从楼上传来："他们下楼的时候，没关门，我先上去，关一下门。"

何妈妈说："看什么看？有什么好看的，反正又没人偷东西。"

他上去后，一直没有关门声，也不见人下来。何妈妈气得直喘气，还没缓过神来，只听见楼下传来"咚"的一声巨响，紧接着，又有人高喊："有人跳楼了！"

何妈妈觉得搞笑，怎么会有人跳楼？这世界，怎么还会有人想不通，要轻生？

她站在门边冲楼上喊："你快下来，有人跳楼了，陪我下去看看热闹吧！"

半天没反应，何妈妈换了鞋，走上去，只见儿子家的防盗门洞开，灯亮着，所有门都开着，客厅没人，书房没人，窗户紧闭。主卧也没人，但窗户开着，窗户边的梳妆桌，留下两行男人的脚印。

儿子何修文和儿媳温迪的婚纱照，被踩得稀巴烂。

何妈妈立即吓得瘫软倒地。

熊子墨跳楼自杀了。

警方得出结论是，排除他杀，意外坠亡。

9

何家上下老小，除了两个人之外，都把矛头指向温迪。

自古红颜祸水，如果不是她跟何修文吵架，怎么会有这种事发生？何修文顶住所有压力，替温迪扛着，何妈妈对她也没有半句怨言。毕竟事因何人而起，架因何事而吵，他们母子二人比谁都清楚。

　　一个人死了，一家人都伤悲，最伤心的还是温迪，她试图把所有的悲痛，都表露出来，却发现自己没有那个能力，注定要用一辈子来慢慢化解。

　　就在她悲痛的当头，发现月事没来。

　　一人死换来一人生，对她来说，这是多么值得庆幸的事。

　　有天夜里，她梦见自己走在无人的荒野，阵阵秋风，片片芦苇，空茫深处传来她最熟悉的声音："小冤家。"

　　来自灵魂深处的召唤，让她流泪不止，身颤不已。

　　自古以来，佛塔人流传着这样的顺口溜："爷不死，崽不乖。"意思是说，父亲不死，儿子永远长不大，不会懂事，只会惹事。

　　何修文正应验了这句古老的魔咒。熊子墨死了，他像变了一个人似的，不再是往日的那个浪荡公子，不再混迹各种声色场所，而是跟妻子温迪一起打理公司。腻子粉厂还在做，业务占比已经很小了，关联公司一家接着一家开，像玩儿一样。

　　公司产值从 10 万到百万，何家花 10 多年，百万到千万，花了 5 年，而破亿仅仅 3 年时间。这 3 年，温迪没日没夜地忙，忙里忙外，还要照顾两个女儿，为这个家，立下汗马功劳。

　　生意好得令人不可思议，不久又传来大喜事！

　　温迪又怀孕了！

　　这一次，不再是人工辅助，而是自然受孕的。

　　何母冲温迪说："我说我儿子没事吧，这不自然怀上了，多好啊！"

　　温迪点点头，笑而不答。

十月怀胎苦，一朝生儿欢。

温迪生了儿子。

何家孩子满月的时候，摆了 3 天流水席，佛塔老小，见人都上桌吃饭，不收一个红包。

在佛塔生活了 90 多年的德福大爷笑眯了眼，逢人就说："我在佛塔活了 90 多年，从来没见过这样的喜人场面。"

佛塔吃酒人都知道自己缘何有喜酒可吃，那是因为人家顶呱呱集团的何大公子生了个儿子，名叫何惜默。据说，何妈妈对孙子的名字不太满意，说："惜默的默，与子墨的墨同音，这样不好吧。"

温迪解释说："音同字不同，有什么关系？"

何妈说："好好好！音同字不同，没事。"

何母完全变了，变成小媳妇一样，对温迪百依百顺。温迪说东，她不往西，温迪说是，她决不说不。有钱能使鬼推磨，有儿能使何妈妈洗心革面，焕然一新。

何惜默满月酒一撤，政府的拆迁公函就发到各家各户，昔日农夫个个洗脚上田，成了百万千万富翁，额手称庆、拍手称快。

政府提议在何修文老厂原址修建一座仿古塔，光复"佛塔"之名。

为此，温迪与政府部门多次交涉："所有投资，我们何家承担，塔名由何家来取。"

区政府领导说："只要你不用顶呱呱，肯定没问题。"

温迪说："你这放心，我们是讲道理的人嘛。"

何惜默两周岁生日那天，佛塔竣工典礼隆重举行，市长亲自剪彩，剪下红绸，人们看到三个鎏金大字：子墨塔。

温迪在市长区长等一应领导之间周旋，光彩照人，一个成功女企业家的形象被各路记者摄了进去，出现在当天的电视里、次日的报纸上，以及各式网络媒体中。

当晚，温迪和何修文给儿子过生日，唱完生日歌，温迪的手机响了，接通一听是个女声："温总，您好！我想去你公司做事，当文员。"

温迪说："我们公司不招文员。"

对方说："熊子墨让我来找你的，他说找他的小冤家，你就一定会帮忙的。"

温迪说："是3年前说的吧！怎么现在才来找我？"

对方哭了，哀求道："温总，你一定要帮帮我们全家。这3年，我老公赌博输光了拆迁分到的800多万，现在走投无路，请你一定帮帮我。"

温迪说："你明天来公司上班吧！"

打电话的人是熊若黎。

全家都为她能去顶呱呱公司上班感到高兴，这可是一家即将上市的大公司，薪酬高得吓人。

熊若黎和所有人一样，不知道没有佛塔的地方为什么叫佛塔，也不知道建了佛塔的佛塔，为何又被拆迁一空？当然，她也搞不明白，为何一个电话她就能搞定一份大学生都很难拥有的光鲜工作，而且合同一签就是永久期。

她不知道的太多，对于知道的一向守口如瓶，从不对任何人说，包括知心姐妹一样的总裁温迪。

10

叫佛塔的那个地方，终究还是有了一座像模像样的子墨塔。

那么问题来了，是不是有一天，老婆饼里真的会跑出一个老婆来呢？

大红请柬

1

四月一日，刘以奇老师要结婚的消息，在职院不胫而走。

这不是愚人节的玩笑，也不是怪事，而是实实在在要发生的，绝对的官宣。

男大当婚，女大当嫁，经过 7 年的漫长恋爱，32 岁的刘老师要结婚，是再正常不过的了。怪就怪在这一婚讯的传播方式，传出此消息，不是他给人散发请柬，而是他急急慌慌四下里找人填写大红的结婚请柬。

用这种方式公开自己的婚讯，是职院有史以来，最特别的一种。

刘以奇最先找到基础部的叶玲慧老师。叶老师的字在全院是数一数二的漂亮，一如她赛金花似的清丽相貌。叶老师和刘老师关系一般，不好直接告诉他这事最好是亲力亲为，人生大喜事就这么一回，请人代劳，不好。她给刘老师指了一个人，工程系的邹庆之老师。

刘以奇找到邹老师之前，基础部大小十几号人都知道了刘老师要结婚了，马上会给大家派发"红色罚款单"呢。

邹老师和他同一个系，平时又经常在一起踢足球，踢来踢去踢出不俗的交情。他之所以不先找邹老师，原因很简单，他不想那么快就被本系的人知道，当然他也没料到叶玲慧会拒绝帮这个忙。更重要的是，在系里有个"消息通"——系办秘书王慧琴，事情要是提前被她知道了，不消说，半个小时之内，必定传遍全院。

信息时代，网络传播的速度是最快的，但在职院，这个法则不灵验了，消息经王慧琴的嘴，才是最迅捷最精准的传播。都说女人的嘴零碎，这话虽有微微的贬义，却从另一个角度，说明具有传播学意义上的效能。

邹庆之没像叶老师那样把话搁肚子里，开门见山地说："你的字就算再不好看，这个东西最好还是自己写。你这家伙，请我写算哪门子事呢？"

刘以奇说："结婚请帖谁写还不一样呢？你就帮帮忙吧！"

邹老师说："这不是帮不帮的问题，人生大喜事，最好自己做！这样更有意义，再说好像有这样的风俗吧，要自己亲自写。"像在球场那样，邹老师一脚把球踢得又高又远，拒绝得漂亮而不失礼节。

离开系办，刘以奇后悔从小没练好字，要不然，人生的大喜日子在即，也不至于遭遇如此尴尬。

到底是谁规定了结婚请柬一定要自己亲自动手写呢？莫非真有这样的礼俗？为了解开心头的疑团，他大步流星，往团委办公室走去。

团委吴紫薇书记是全院"只此一家、别无分店"的礼仪专家，是这方面的权威，找她打听，保准没错。如果没这个风俗，就回头找老邹帮忙。

全院十几个系部室，团委是唯一不在办公楼办公的部门。学院发展势头迅猛，系部一再扩大，办公场所不够用，团委就被挤到教学楼来了。

刘以奇从办公楼走到教学楼的这短短 10 分钟，工程系的系办秘书王慧琴已经把刘以奇请人代写结婚请柬的事，散播了出去。职院的风里，瞬间有了一股浓浓的即将结婚的喜气。

吴书记正和学生谈话，见刘以奇进来，很热情地起身打招呼："是什么风把刘老师给吹来了，快请坐。"

她话还没停歇，学生也跟着说："刘老师请坐。"很热情地拉开一把椅子。

刘以奇说："不好意思，打扰你们谈话了。"

吴书记和学生异口同声地说："没有，没有。"

刘以奇把心中的疑问抛将出来。

吴书记沉吟片刻，说："礼仪上，不存在这种问题吧。现在很多人的婚礼请帖都是用电脑打印的。不用请人，找电脑帮忙也行呢。至于风俗习惯方面，这到底是不是禁忌，我也搞不太清楚。我结婚请帖就不是我自己写的，是我爸爸帮我填的。"

刘以奇弄斧到班门，居然生生把师傅给问糊涂了。

学生是学生会的头儿，具体叫什么名字，刘以奇记不起来。

学生了无禁忌，心直口快："刘老师，我们书法协会主席的字很不错，在全省大学生书法比赛上还得过奖呢，我叫她来找你，帮你写，你看怎么样？"

刘以奇心想都可以用机器代劳，请人填写应该不过分的吧，有学生帮忙，也省得去麻烦邹老师了，当下满口答应。

从教学区出来，穿越四处青绿的校园，刘以奇脚下生风、心情畅快。

2

当晚，刘以奇还在吃饭，响起了敲门声。

是谁居然这么文雅，还用手敲门？同事叫他，一般在楼下喊叫："以奇、以奇，踢球去！"要不爬上楼来，用脚拼命地踢。脑子一下没转过弯来，就迟疑了一会儿，敲门声执着地又响了起来，声音不大，轻柔中透着一股子急切。

刘以奇丢下碗筷，去开门，只见一个蓝得透亮的女孩，笑盈盈地站在门前。这身天蓝色连衣裙，美得惊人，当即想到婚礼那天，爱妻曹佩岚换下婚纱，着礼服去敬酒的时候，一定要穿这种质地的蓝衣裙才好！

女孩说："您是刘老师吧？我是书协的，学生会吴主席叫我来找您一下。"

女生的声音像雪花一样柔婉而空茫，悦耳润心。

刘以奇当下明白，是帮忙写结婚请柬的学生，赶忙让进屋来，很热情地拖凳子，倒上一杯开水。

没等刘以奇开口，女孩说："刘老师好帅啊！"

刘以奇不好意思起来，问："你们'90后'都这么直接夸人吗？"

女孩说："夸人有什么不对吗？心里有什么就一定要说出来，不喜欢藏着掖着。"

刘以奇说不过她，呵呵地傻笑。

女孩说："你笑什么，难道我说错了吗？"

刘以奇连忙说"没有没有"，把名单和空白的大红请柬在女孩面前摊铺开来。看到饭碗还搁在餐桌上，才想到问她："你吃了吗？"

女孩说："吃过了。如果有心请我，下次请我下馆子吧！"

刘以奇笑答："一定，一定。"

快要结婚的男人，喜形于色，是容易答应别人的，区区一顿饭，刘老师还是有能力的，更何况请的是又年轻又漂亮的女学生。何乐而不为呢。

刘以奇稍做交代，女孩写出了第一个请柬，没什么问题，他就接着吃饭，让她坐那儿一个人填写。

吃完饭，收拾好，接了未婚妻曹佩岚的一个电话，再来看女孩，她已经全部填妥。

女孩起身要走，说："刘老师，你请客就算了吧，到时候欢迎我参加你们的婚礼吗？"

刘以奇觉得这女孩开朗过了头，萍水相逢，居然要参加人家的婚礼？

就在他发呆的当头，女孩又说："开玩笑的。哪有学生参加老师婚礼的呀，呵呵。不过你可欠我一顿饭啊，下次要请我呀！我把手机号报给你吧，咱们相互存一下。"

手机响了。刘以奇存号之前，问："你叫什么？"

女孩说："曹佩兰，曹操的曹，敬佩的佩，兰花的兰。"

刘以奇大惊，说："你的名字和我的未婚妻的名字只差一个字，她是浮岚暖翠的岚，就是上面山，下面风。"

曹佩兰笑眯眯地说："是吗，这么凑巧？我和师母有同名缘呢。"

送走了曹佩兰，刘以奇一个人坐在凳子上，逐一查看结婚请帖，核对姓名日期酒店，边看边对她的字大加赞赏。

这个曹佩兰，人小鬼精，长得漂亮，字也美得冒泡，才貌双全。谁要是娶到这个女孩，一定有大福。

查验了一遍，又激赏一番，刘以奇按捺不住喜悦之情，抽出一张，先送给邹庆之，他就住在单身教师公寓里。

邹老师打开一看，说："你还真请人代写了呀？"再没说别的，忙不迭地道喜、祝福。

余下的，明天上班再说。

3

谁料，第二天还没天亮，未婚妻曹佩岚的电话就追了过来，叮嘱先不要发请柬出去，结婚日子要改，五一不行，估计要到十一了。刘以奇正要问为什么，那头就挂电话了。再打过去，那边就关机了。

厚厚一大沓的大红请柬就那样静静地躺在书桌上睡大觉，成了刘以奇有生以来最沉重的心事。

刘以奇不知女友那边出了什么天大的事，一整天都没有心思，备课发呆、上课走神，仿佛只是一个灵魂出窍的躯壳。

再见曹佩岚，让刘以奇大为吃惊，满肚子的怨怒与责怪，一扫而光，唯有心疼。

她神思恍惚、脸色蜡黄、失魂、落泊。沉思半天，她才道出了事实真相："家里还是不同意。我父亲以前老部下的儿子，从美国回来了，家里让我跟他结婚。对不起以奇，给我一点时间，我再做做我爸妈的工作。你要知道，我对那人很陌生，我爱的是你，永远爱你。请原谅我不能和父母对着干。"

她扑进他的怀里，嘤嘤而泣。他抚摸她的头发和后背，安抚安慰，心里直泛酸。

刘以奇说了无数遍："宝贝别哭，我会等你，永不变心。"

这是对不起的事吗？还需要一点时间？

7年的恋爱长跑，好不容易修得这样一个半生不熟的果，到头来，临时还是变了卦。这场漫长的婚约就像篮球场上78比76领先到最后半分钟，结果却被对手在吹哨前5秒，投了个3分球。这能怪谁呢？

刘以奇心想，他到底是什么人？他一回来，就要让我更改婚期？

曹佩岚离开前，刘以奇说："我很乱，你让我一个人静一静吧。"

以前看电影，这样的话没少听过，老觉得很矫情。而今，终于被自己说出口了，他发现，除此之外，再没有别的话语可以表达自己的心绪。一个人安静地待着，不是逃避，不是不快乐，也不是要放弃，而只是想把心放空，好有空间接纳未来。

静以修身。

他的确需要安静。这场变故让他有一种奇异的痛感，好像全身上下被机关枪扫过一遍，鲜血喷薄欲出，身心千疮百孔。

恋爱这些年，像一部厚厚的史书，分分合合无数次，每次被她拒绝的时候，态度只有一种：尊重；表现也只有一种：应承。可这次性质完全不一样，一路踉踉跄跄，已然来到婚姻大殿的门口，却是惨遭临阵倒戈，又一次上演分手戏。

她把人生大事当成儿戏，让他百味杂陈、恼怒难当。如果不是深爱她，他真想抽她一耳光，再去她家，把她爸妈臭骂一顿。

刘以奇去找邹庆之要回大红请柬时，感叹道："莫非写结婚请帖真不能请人代劳？如果不是自己填写，就要出大问题？看看我现在的下场，唉！"

邹庆之说："也许，是你女朋友耍小脾气呢，过几天就好了。"

他从书桌里抽出大红请柬，递还给刘以奇，劝他尽快振作起来。

刘以奇走出门后，把送给邹庆之的大红请柬撕得粉碎，抛在碧绿的冬青绿篱之上，像是下了一场红雨，一绿一红，醒目得让人绝望。剩下的大红请柬，他把它们深锁在柜中，他不敢再看那个柜子，仿佛知道里面藏了一颗感应炸弹，一挨近就会把爱情和命运炸飞。

系办秘书王慧琴从邹庆之老师那里得知刘以奇的婚结不成，她编辑八卦新闻，散播开来。不多时，全院都知道刘以奇又不结婚了，像是过山车一样，起起伏伏，太过戏剧性了。大伙实在惊奇，这样把结婚当儿戏，世上少有，真是太轻率、太不负责了。

常言道，生活就像一场戏。但世上最高明的编剧，也无法编撰出日日在现实中上演的人间戏剧来。换句话说，生活永远比戏剧更富戏剧性。

刘以奇安慰自己，就算是婚礼正在举行，还有落跑的新娘呢，我这算什么呀？她家人不同意，可我又不是和她家人结婚。我是要和佩岚过一辈子的呀。他越是自我安慰越是难受，悲伤得难以自持。

回想过去，她时不时地会听从家人，难得依从自己的意见、听从爱情的召唤。一场恋爱，谈成超级马拉松，伤心又伤神、伤感又伤情。

这时，手机响了，微信来了一条信息。

是曹佩兰发的——老师啊，你什么时候请我吃饭呢？

吃饭？哪还有什么心思请人去吃什么饭？

但这顿饭，不得不请，虽然婚礼推迟，她帮忙填写的大红请柬全部作废，但人家是帮了实实在在的忙，更重要的是当初已经答应了人家。他现在最痛恨反复无常，可不想让人家感到自己是个出尔反尔的人。做男人，一诺千金，很重要。

刘以奇回短信：好吧，就今天晚上，你叫上几个同学一起去吧！我们去0791餐厅，我去那里定个包厢，待会儿再告诉你是几号包厢。

一直以来，刘以奇苦心坚守一个原则：不和自己的学生恋爱。

这让他错失不少良机。

从教以来，因为儒雅，又因为帅气，自然俘获了不少女学生的芳心。

162

如果不是心中有底线、心里有未婚妻，也许他早就和自己的某一个学生恋爱成家了。

在教室、在课堂，他和学生是师生，但私下里，他更愿意做学生的好朋友。起初，不论男生女生都爱叫他"刘哥"，而今称呼悄然变成"刘叔"，由哥到叔，印证了岁月不饶人，更衬得他和佩岚婚恋之坎坷和漫长。

让曹佩兰叫上同伴，是刘以奇遵循自我准则的自然之举，当然也可以起到避嫌的作用。收起手机，刘以奇想拉上邹庆之做伴，不巧，他岳母过生日，无法抽身。又电约团委吴紫薇书记，她说她在上海出差，改日她来做东宴请。再约其他人，居然没有一个能赴约的。刘以奇正准备取消这次请客，曹佩兰反客为主，发来短信说，已订好了包厢，在205，赶紧过来吧。转念一想，反正她那边有同伴，人多也不可能会有什么事，顺水推舟，就答应去了。

0791，是南昌市固定电话区号。随着固定电话日渐式微，在南昌，这4个数字，让人首先联想到的是地方美味，而不是电信区号。0791餐厅是标准的"舌尖上的南昌"。人们若要请客吃饭，这里是不二之选。平日餐厅人来人往，周末或者节假日，更是一席难求，若不预定，肯定找不到位。

一到餐厅门口，刘以奇就看到了笑盈盈的曹佩兰，还是那天见到的天蓝色连衣裙，像是落在人间的一片蓝天。

在等电梯的时候，他们偶遇来此就餐的系办秘书王慧琴。奇怪得很，王老师居然没有打听刘以奇和学生曹佩兰的关系，这让他感觉完全不是她的为人作风。仔细一看，王慧琴身边也是一个他不认识的男子，年纪相仿。从亲密程度看，感觉不是同学，也不像普通朋友，应该是滑到了情人关系的边缘。

原来，她也有秘密，所以才如此斯文优雅。

两人点点头，笑一笑，就过去了。

但是让刘以奇无法理解、更无法接受的是，第二天，职院开始流传他婚礼临时变卦的原因——原来，他爱上了学生曹佩兰。有人背后嘲笑，一直宣称不和本校学生恋爱的刘老师，终于与时俱进，开了戒了。

这让刘老师哭笑不得。

4

当晚的宴请让刘以奇深感意外，因为曹佩兰没有约来其他同学，她也是一个人来的。走进餐厅包厢，见没有其他人，问过不会有其他人来，刘以奇像被骗了一样，当即要挥袖而去。曹佩兰的一句话，就让他没有脾气、消了火气。

她说："最近有个从美国回来的'海带'在追求我，他说他一点也不爱他家给他选的未婚妻，他只对我有感觉。你知道他的未婚妻是谁吗？和我的名字同音，和你未婚妻同名。"

刘以奇像被电击了一般，呆若木鸡，双脚生了根似的，再也走不动了，于是，他们孤男寡女在吃了一顿囫囵饭。

席间，曹同学告诉他如何与"海带"认识——

"你知道，我爱好书法，是我们学校书协主席。练书法，就经常要买差一点的练笔纸和好一些的宣纸，还有墨汁、字帖和笔什么的。那天，我去文具市场采购，从店堂出来后，一阵风袭来，一个趔趄，手上的东西撒了一地。纸经风一吹，满街都是，当时，我尴尬极了。好想有个人来帮帮我。

"这时，'海带'出现了，帮我捡拾地上的东西，还亲自开车送我回校。"

"第二天晚上，也不知他使了什么法子，居然在学校食堂等到了我。他说：'见你一面，我就疯狂地想你。我不知道你叫什么名字，也不知你在哪个专业哪个班级，只好逢人就问——"见过一个穿天蓝色学生装的女孩吗？'就这样，他居然也能找到我。你说奇怪吧。"

"其实，我对他压根没什么印象，只记得他的领带好夸张，大红的，就像那天帮你写的结婚请柬。但是他疯狂地追求我，让我不知所措。我认为他身上美国人那一套的痕迹太明显了，浪漫邂逅，一见钟情，很不靠谱。"

"不过，自从见了你以后，我对一见钟情，就不再怀疑。看到你，我才开心，见不到你，就疯狂地想你。"

刘以奇静静地听完曹佩兰的讲述，时不时地点头，没有插一句话。但当他听到她这么说，赶紧打断，说："你听我一句，我不和学生恋爱，这是我从教第一天就定好的原则，永远也不会变。你所谓的一见钟情，其实就是镜花水月，一场虚影。再说，你也知道，我有未婚妻，五一就要结婚了。我和你不可能有师生之外的感情。"

曹佩兰说："可你的未婚妻推迟了婚礼日期，也许她不准备嫁给你啦。"

刘以奇问："你怎么知道的？"

曹佩兰说："全校都在传这个消息，这简直太可乐了，不传没有道理。"

菜上桌后，刘以奇让服务员来三瓶啤酒一盒酸奶。等酒水饮料上来后，曹佩兰给自己倒上了啤酒，并很享受地喝了半杯，把酸奶晾在一边。

她倒酒喝酒的动作干净利落、潇洒漂亮，一看就像能喝酒的样子。

刘以奇问："你能喝酒吗？"

曹佩兰说："你都看到了，还用说吗？"

刘以奇说:"你很可怕。"

曹佩兰说:"是吗?我有那么可怕吗?难道怕我是母老虎,吃了你不成?"

刘以奇说:"不是这样说。酒桌上有三类人很可怕,一是默不作声的人,二是一喝酒就脸红的人,还有就是敢端杯的女人。这三类人,酒量大,是最可怕的。"

曹佩兰说:"但我没那么可怕啊。"

刘以奇说:"那就好。"

刘以奇明显马虎大意了,没搞明白"眼见不一定为实"的道理。曹佩兰这是第一次喝酒,完全不胜酒力。很快,曹佩兰烂醉如泥,趴在桌上说胡话。她反反复复地说一句:"这是我第一次喝酒,我把第一次给了你,女孩子的第一次是很宝贵的。"

散席后,去哪里,成了一个大问题,让刘以奇陷入了左右为难之境。把她扶回自己宿舍,万万不可,同事和学生的唾沫星子不把自己砸死,也得淹死;扶回她的宿舍,也是不行,道理一样。

万全之策,就是叫她的同学来,扶她回去。可是这个曹佩兰是哪个班的,有哪个玩得好的同学,刘以奇一概不知,只知道,她是职院书法协会的主席。

就在他左右为难的时候,醉醺醺的曹佩兰从包里掏出一张房卡来,就在餐厅隔壁。

她说:"我开了一间房,你扶我上去吧。"

真可谓踏破铁鞋无觅处,得来全不费功夫,一下子就找到了解决办法。

到了宾馆房间,服侍曹佩兰躺下,刘以奇起身要走,向她告辞:"我先回去哈,你好好休息。床头有牛奶,还有矿泉水,晚上记得起来喝牛奶解酒，喝点水解渴。"

回答他的，是她的一阵狂吐，呕出的污物沾了她自己一身。他不敢再走了，移出的脚步收了回来，怕她出事，赶紧到卫生间取下毛巾，沾湿，帮她抹嘴，擦拭污物，然后给她喂水，像对孩子一样，让她漱口，教她吐水到垃圾桶内。

缓了一口气后，曹佩兰说："你……你帮我把……把裙子洗了吧。没……没有换的了。洗洗洗好了，干了，明明明天，好穿。"

刘以奇犹疑再三，迟迟不敢动手。

她不耐烦了，主动把裙子脱下来，身上只留下胸罩和内裤。虽然他对未婚妻的身体有了如指掌般的熟悉，但面对这美丽少女的胴体，说没有心动，那是美丽的谎言。特别是胸罩下那对少女的丰乳，像两只可爱的小白兔，朝他不怀好意地眨眼戏耍。他很想伸进去抚摸一下，但还是理性地压住了冲动，大步流星地去了卫生间，帮她把裙子洗干净。

从卫生间出来，刘以奇决定不再停留，任曹佩兰如何苦求，他不为心动。

最后，曹佩兰使用激将法，大声咒骂："刘！以！奇！你你你，是是是不是男人？"

刘以奇说："你喝多了，好好休息吧！"

关门，走了。

到了晚上十一点钟上，他才一身疲倦地回到学校，推开宿舍门，吃惊地发现，未婚妻曹佩岚坐在床上，笑盈盈地等自己归来。

她笑了，然后疯了一样，抱他吻他，拉他上床。

恋爱7年来，这是她第一次要主动办事。

好事刚刚开始，曹佩兰打电话过来，一看号码，赶紧挂掉，然后索性关了机。就是这个电话，让他失了男人的雄风，早早地缴械投降，草草鸣金收兵，败兴而返。

好在未婚妻并不在乎，她有好消息要报告给他，要给爱人一个意外的惊喜。事后，曹佩岚搂着他说："亲爱的，我要告诉你一个好消息，咱们婚礼如期举行。"

刘以奇没有刻意去打听个中缘由，只是静静地聆听。

相爱7年，他已摸透了她的脾气，如果她要告诉自己就一定会说，如果她不愿意说，你就是用铁棍去撬她的牙，也不会开口。

最后还是她主动把原因说开了："那个'海带'是个花心大萝卜，在美国读书就有好几个女朋友，现在他又追求你们职院的一个漂亮女生。我把这些告诉我爸妈，他们当然就同意了我们的婚事啦。天下哪个父母会希望自己的女儿嫁给一个三心二意的男人啊？"

刘以奇说："太好了。明天我就去把那些大红请柬送出去。"

曹佩岚说："对呀，还有半个月，我们好好准备一下，酒店、饭菜、司仪、婚车、鲜花，对了，还有糖烟酒，等等，都要开始张罗了。"

一高兴，他的手又不老实了，她娇嗔道："流氓。"

爱久日深，他们渐渐形成一道暗语，她骂流氓，他说坏蛋，基本就是等于开始要行好事了，锣鼓喧天，好戏就要上场呢。

他不管不顾地趴了上去，她关心地问道："这么快，行吗？"

他用行动作答。

好事继续。

5

不少老师都收到了刘以奇的大红请柬，这让职院"消息通"王慧琴大呼搞不懂、看不明白、丈二和尚摸不着头脑。更让她搞不懂的，还在后面。

10天后，在工程系办公室，在王慧琴的导引下，大伙趁刘以奇去上课了，就诡异的大红请柬事件展开热烈讨论，这比任何一场教研活动都要精彩万倍。

就在此时，收发室董老头送来报纸，对他们说："快来看，今天的报纸有我们职院的消息！"

王慧琴一把抓过报纸，随手一翻，只看见赫然醒目的通栏标题——

大学教师带女生开房

副标题也分外惹眼——

教师刘某涉嫌强暴，派出所认为证据不足，不予立案；女生在医院开具处女膜完好证明，自证清白；刘某拒绝记者采访

王慧琴尖叫道："同志们、同志们，惊天大绯闻，我院教师刘某带女生开房，上报纸啦！"

大家七嘴八舌地探讨到底是哪位刘老师呢？从内容上看，不难判断，报道中的刘某非刘以奇莫属。

下午，各系部室的例会取消了，临时召开全院紧急大会，书记向全

校教职工通报新闻事件，以及与报社交涉的过程和结果。院长当场宣读了院党政联席临时会通过的对此事件人的处理意见：刘以奇老师停课一周，责令认真反思，写出深刻检查。

报纸燃的起火，经网络持续发酵，绯闻事件越闹越大，像一记闷棍，把刘以奇彻底给打晕了。

虽说身正不怕影子歪，新闻里也没下强暴的结论，但新闻一出，负面影响之大，大到让他无法承受。简直是在往脸上抹黑，往身上泼粪。

人心叵测，人言可畏。

现在的他就像困在笼中的猛虎，不知如何是好，任别人在背后指点、在暗中摆布。

和曹佩兰在宾馆的时候，虽然刘以奇有太多不应该，但于情于理，他的言行都不够上非礼，更别说是强暴了。所以接到警察电话的时候，刘以奇莫名惊诧，直感祸从天降，遭人诬陷。更大的不幸，更深重的灾难，是未婚妻曹佩岚的怀疑。

绯闻事件之后，她只对他说过一句话："难怪那晚你那么没用，原来你早就在宾馆里玩过了你的女学生了！"不容他解释一句，就把电话给挂了。不再接他电话，更不见他，封死一堵门，让他没有说清楚事实真相的机会。

这婚，就彻底结不成了。

五一日益临近，婚礼，这次真的遥遥无期了。

散出去的大红请柬，不好意思——收回，只好给每一个送去请柬的亲友发条短信：各位亲友，本人和曹佩岚女士的婚礼因故推迟到十一举行，给你带来麻烦，谨致歉意。刘以奇敬启。

以为今年五一会是7年马拉松式恋爱跑到幸福终点的时刻，结果却是一出旷世悲剧。事件发生后，曹佩岚一直没理他，说明没有原谅他。

曹佩兰倒是打了很多电话给他，他只接了一个，他恨不得她从地球上彻底消失呢。没有这么一出"节外生枝"，自己的婚礼，哪会生此波折？

生命中，两个姓名同音的女人，就这样彻底疏远了，一个是他拒绝的，另一个是拒绝他的。爱在得失之间摆荡，而刘以奇就在飘来荡去间，痛苦地煎熬。

邹庆之见他沉沦得没有人样，约他出来喝酒解愁。

俗话说，当局者迷，旁观者清。酒过三巡，邹庆之帮他前前后后梳理了一遍，觉得这事件背后一定有人捣鬼。他说："你看，报纸都说了，曹佩兰后来都做了处女证明，那么当初怎么会去派出所报案呢？说不过去啊。稍有点脑子的人也不会那么做，对不对？"

刘以奇说："她后来还给我打来电话，道歉，但我懒得听了，太贱了、太坏了，这个人得下地狱啊，伤人太深。"

邹庆之说："你呀，就知道踢球，哪会注意这里的细枝末节呀。她肯定不会想害你，要然不，她为什么不当天报案，非要等到昨天才行动呢？还要先开好处女证明去报案呢？这里头有鬼，一定是背后有人要害你。"

刘以奇问："那会是谁呢？"

邹庆之说："这应该是我问你的吧？我哪知道是谁，你好好想一想，曾经得罪过什么人。"

刘以奇摇摇头，趴在桌上起不来了，他喝醉了。

问题的关键，会是谁故意将此消息捅到报社呢？

虽然现在的记者无孔不入，"大学教师""开房"之类的字眼，不吸引眼球才怪呢，闻到这股气息，就有飞蛾扑火的勇气。但是就算他们有通天的本事，天知地知你知我知的事情，怎么就会传出去呢，而且还是捅到了报社？

当晚看到他俩在一起吃饭，还有系里的"消息通"王慧琴，莫非是她乱报乱传的？不至于呀，素来与她无冤无仇的，她至于这么痛下杀手吗？再说，她只是自己嘴上功夫了得，无心也无力摆平报社，让人听信于她啊。关键是，当时她身边有男人，自己还心虚呢。

还是邹庆之给刘以奇出了一个主意，既然无法扯出那个报料人来，不如索性找记者、找报社。

刘以奇闹到报社的时候，他们只派了个新闻部副主任来给他解释，这让他很恼火。这个级别的人来接待，对受过无端污辱的他来说，恰似火上浇油，是羞辱之后的再次羞辱。

回来后，把这事和邹庆之一合计，刘以奇果断地向法院递交了起诉书，状告报社侵犯公民名誉权和隐私权。

五月三十日，初夏的南昌，风就有些热得让人无法忍受了，对刘以奇来说，再热都没有感觉，他押上未来和前程，赌这场官司，希望能将事件翻盘。

庭外调解的结果是，双方达成一致意见，报社发致歉声明。

同样是周二，报纸的右下角，发了一则简短声明——"我报上2013年3月14日本版刊发的《大学教师带女生开房》一文，部分内容失实，对刘老师造成伤害，对职院产生不良影响，谨向该校和刘老师致歉！"

这则声明被画上了框框，如果不仔细辨认，你无法与紧邻其间的大量分类广告分辨开来。

就在致歉声明发表的当天，刘以奇破天荒地接到了曹佩岚的电话，和那次一样，见面后，二话没说就是亲热，冰火两重天的感觉，让他着实受不了。

事后，曹佩岚喋喋不休地讨论如何筹办十一婚礼，绝口不提曹佩兰和他的绯闻事件，此后也没提过此事。哪怕日后为鸡毛蒜皮而吵闹，抑或争论房屋的地段大小朝向、汽车品牌排量等，所幸的是在大吵小闹中，她都从未提及过。

这是他的幸运，更是她的明智吧。

6

十一到了，这个丰收的金秋，这对爱情长跑者，终于收获了爱情，一步迈入幸福的婚姻殿堂。

婚礼上，曹佩岚一身洁白的婚纱，像是掉进蜜罐里，幸福得无心言表。敬酒换装，一般别人会穿大红的礼服，显得喜气洋洋，但她却是一身天蓝的连衣裙，看得刘以奇很是怪异。这个她一直守密，说要给他意外惊喜。他在惊喜中，感受到了两人那种心心相印的默契。

敬酒敬到他同事那桌，王慧琴率先站起来，对他爱妻说："你这身蓝裙子真漂亮，我好像在哪见过。"

刘以奇大感紧张，生怕她嘴里会冒出曹佩兰来，还好，她接着说："对了，对了，就是好莱坞女明星朱莉·鲍温，她也穿过，真的好看，太好看了。哪儿买的？我也去买一套来。"

7

幸福的日子就感觉过得太快，转眼就快到元旦。

刘以奇、曹佩岚夫妇正为是去普吉岛，还是塞班岛，或者济州岛旅游，而烦恼不已。令他们无法料想的是，一张"红色罚款单"，打破了生活的简静。

周二下午，刘以奇参加系里例会。

系办秘书王慧琴将一张大红请柬递了过来。让刘以奇大感错愕，众人看他的眼神也有观戏的成分，满怀期待要看他的热闹。

学校有个不成文的规矩，但凡同事有什么红喜事或校方搞什么捐款，皆奉行平均主义，见者有份。怪得很，今天唯他一人独有。准是"特殊照顾"，抑或情密意深，不外露罢了。

结婚请柬素来被人称之为红色罚款单，看来这一枚"红色炸弹"投放之精准，不由得令人咋舌。

刘以奇打开请柬一看，不禁倒吸了几口凉气，邀请者非他人，是曹佩兰。

他的目光久久停在新郎名字上面，像是被奇异的吸铁石给吸住了。

"张劲松，多好听，多有深意的名字啊，不知这个家伙是不是就那个'海带'。回去得问问佩岚。"他自言自语道。

在回家的路上，他突然有了顿悟，大半年以前，把他搞得人仰马翻的，也许就是这个可恶的家伙！

去不去喝这个喜酒，刘以奇拿不定主意。他们夫妻的家庭内部的分工是，大事他定夺，小事则听老婆的。不过目前为止，家里还没发生什么大事。他心里清楚，未来永远也不可能出大事，因为事情再大，经老婆一过问，都会被定性为——小事一桩。

（2014 年）

里洲 1 号店

1

和所有同事一样，杜若明对推拉门的刺啦声特别敏感，像明眼人在暗夜里看到闪电一样。麻木的生活需要刺激。平静的午后，大伙都渴望临街的推拉门被顾客或轻或重地推动。

刺啦刺啦，传到杜若明他们耳朵里，仿若天籁。

一般来说，天籁响过之后，便是云雀般的人声："9 号！9 号上钟了"前台老板娘在喊人开工。

杜若明暗自欢喜，又被人点钟了，喜从天降。

依次排号，下一个该是 2 号，大半天过去，才等来一个顾客，照此节奏，晚饭后也不一定能上钟。

同事拿杜若明开玩笑："快去，快去，你的老板娘点你的钟啦，赶紧跟她开店去吧！"

杜若明边走边说："才不想当什么老板哦，我哪有那么好的命哟？"

嘴里诉着苦，心里却像是灌满了蜜。

来人是伍倩，一个不到三十的少妇，圆圆的脸上漾着两个浅浅圆圆的小酒窝，头上挽个圆溜溜的发髻，像童话里人见人爱的刁蛮公主。

她苦口婆心，劝他不要给别人打工，给自己打工，自己做老板，多好。

开个新店，拉他入伙，她苦心孤诣，期待铁树能开花，也确信他这棵铁树一定会开花。

尽管心里乐开了花，杜若明却毫不松口，他不信天上会掉馅饼。

某位名人说，不想当厨子的裁缝不是好司机。花式无厘头，就那么莫名其妙地传开了。社会上的流行语，传到里洲，总是要慢半拍。也不知是谁无心地说出这搞笑的话，却没有受到热捧，原因很简单，他们更喜欢拿破仑的名言："不想当将军的士兵不是好士兵。"

突然有一天，有位盲人技师说了一句："不想当店老板的按摩师都不是好的金手指。"

干柴遇烈火，腾的一声，就这么传开，成了一盏明灯，指引盲人按摩师向着人生亮处，坚定地走下去。

杜若明一摸进门，就听见伍倩娇滴滴的声音："杜师傅，你躺下，我来给你按！"

这可如何是好？

盲人按摩店，哪有顾客给技师按摩的道理？

不容杜若明反对，伍倩将他按在按摩床上，一把抢过他手上的按摩布，垫上，从脖子处开始按起，力道绵柔，又不乏韧劲。

整整一个小时，伍倩穴点到位，力度均匀，持之以恒，不曾松懈，从头按到脚，行云流水一般，像一阕婉约派艳词。

可以出师了。

2

一个人的暗夜。伍倩蜷缩成孤独的猫，舒展疲惫不堪的身体，那个折磨她很久的问题像火山喷发一样，又迸出来了。

藏在心里的另外一个自己，不停地逼问："明天你该怎么办？怎么办？怎么办？到底怎么办？"

伍倩茫然不知，感觉走进一片全然陌生的森林，哪个方向都对，哪条路都可以走，但是每个方向都有分岔，每一条路都有陷阱。

想多了，心累；不想了，人累。人活一世，怎么就这么累？人累，歇一歇就好了；心累，连歇息都感觉是奢侈。

就这样，伍倩患上了失眠症。

闲来无事，和好姐妹闲聊。

一个说："生意越来越清淡了，老半天都没人来点钟。"

另一个说："那还不好啊，趁机休息一下呗！"

一个说："歇个鬼啊，歇得人腰酸脖子痛。"

"那就去里洲按摩啊！"另一个转过头来，对着伍倩，接着说，"你失眠好点没？不行话也去找盲人按一按。金指堂杜若明，手艺不错哦！"

"真的吗？按好了，请你吃饭。"伍倩惊喜万分，腔调都与往常不一样。

那人说："看你乐的。记住啊，欠我一顿饭。"

顺着姐妹的指引，伍倩找到里洲街的金指堂，点了杜若明的钟，却被前台老板娘告知杜若明正在上钟。

老板娘说："妹子，要不给你推荐个技师，手法跟杜师傅一样，这样就不用等。"

伍倩坐在按摩床上，说："我没事，可以等。"

老板娘递上一杯水，说："好的，你坐一会，杜师傅马上就下钟了。"

这个马上，是足足45分钟。

伍倩续了三次水，从没这么凶地喝过水，怪只怪出门时一激动，忘带手机，一个人傻傻地坐着，只好喝水解围。手机已不是普通的联系工具，而是一个人的魂啊！忘带手机，就像丢了魂的人，茫然不知所措。

杜若明出来，伍倩惊呆了。一个男人原来也可以长这么漂亮！

这真是个意外的收获。

看到杜若明，伍倩心怦怦直跳，紧张得手心冒汗，太阳穴像是被一双无形的手牢牢地摁着，扎得生疼。

"你是第一次来吧？"

杜若明的声音磁性十足，在小小的按摩房里释放磁力，让伍倩手心里的汗渐渐风干，太阳穴也撤除邪恶的外力，舒服不止一点。

"听说杜师傅手艺好，我才来的。最近，睡眠不好，腰酸，脖子也有一点不舒服。"

"你趴好，我来帮你按吧！"

杜若明的手指像是有魔力，按到哪里，哪里所有的细胞都在欢腾。

这是怎样一个男人啊！

伍倩不得不承认，自己的魂被这个男人勾走了，可惜他眼睛看不见，要不然，她一定要羞死来。

转念一想，他要是能看见，还怎么会在这里按摩，自己哪有机会接近他？

缘分天注定，一切都是最好的安排。

3

来的次数多了，伍倩便有些口无遮拦，什么话都敢说，什么问题都敢问。杜若明心若净湖，清澈见底，她问什么就答什么，心里怎么想，就怎么说。

两人这样交谈，竟也毫无违和感。

"你想过开按摩店，自己当老板吗？"

"在这里打工的人，谁不想啊？打工有什么好？可是没钱，怎么开店呢？"

"我可以给你钱，咱们合伙开店，你看怎么样？"

"莫跟我开玩笑啦！"

"你给女人按摩会不会产生那方面的欲望？"

"当然啦，我也是正常男人，只是某个零件坏了，看不清东西，其他部位都是完好无损啊！"

"按摩的时候想那个怎么办？"

"还能怎么办？忍着呗！"

"以后不用忍，我来帮你吧！"

"莫拿我寻开心啦！"

伍倩面对的男人像一汪深潭，欲探其浅深，便用话语作尺，一寸一寸地测量，把他量了个底朝天。

没问题，一切尽在掌握中。

混迹人世，见识多了，伍倩也会用其人之道，还治其人之身。久而久之，怀疑人生、质疑社会。只是因为没遇上对的人。

在杜若明面前，所有的疑，都被她抛进太平洋。对他，她才开始玩真的，从不跟他开玩笑，更没拿他寻开心。

伍倩的真心换来了杜若明的真情投入。

他每每听到她的声音，脑海里总会闪现儿时那明媚的天空。5岁那年，他彻底失明了，因为从小罹患视神经萎缩。眼前一片黑后，只要幸福袭降、开心敲门，他都会闪现儿时那明晃晃的世界。

4

一切都做停当，趁杜若明休息，伍倩把他拉进他们自己的店。

他那兴奋劲，像是贪吃的孩子第一次吃冰激凌，一吃吃个饱，结果把自己冻成瑟瑟发抖的狗。他浑身战栗，双手颤抖，东摸摸西摸摸，像是国王在逡巡自己的领地。

杜若明问："这店在什么位置？"

伍倩说："里洲街1号，小是小了点，但租金不贵，加上水电啥的，也就八九千块钱吧。"

杜若明说："不小，一点都不小，能摆5张按摩床呢！"

伍倩说："比你金指堂差远了。"

杜若明说："不一样啦，完全不一样啊。"

走到里间，是两张按摩床拼起来的单人床，粉色被套，暖融融的天蓝色床单，幽幽然，散发着一股家的气息，有爱的温馨，更有情的牵引。知道杜若明看不见，没法吸引他，便把床头柜上的那瓶香水启开瓶盖，用香棍一蘸，在空中划了一个半香圆。

杜若明惊叹道："好香啊！"

伍倩扑进他怀里，紧紧地搂住他，轻柔地问："有我香吗？"

杜若明搂到软泥一样的女人，羞得本能地推拒，见推不动，慌乱之余，抓紧她的柔软的双肩，像溺水者抓住救命的稻草。

他忙不迭地说："你最香，世界上没有什么比你还香。"

"这还差不多。"伍倩的声音像一缕幽香从她胸膛里滋滋地散发出来，像着万把软刷，刷遍他全身每一个毛孔。

她的手像吐信子的蛇一样，缠上他的身，她浑身越来越软、越来越热，千娇百媚，滋生一片柔情和娇艳。他越来越硬、越来越热，像是一具狂奔了千里的僵尸。

杜若明引用她开玩笑的时候说的"摸一摸三百多"，敲敲边鼓，劝她住手。抓揉她肩的手，努力把她推开……

他的阻止只是象征性的，没有半点真力气，但凡用一点劲，她哪里是他的对手。

她打趣他："摸上不摸下，摸下要加价。"

语音刚落，手骤然下滑，像个顽皮的孩子，趁着那股子兴奋劲，不停地地探索。

他说："你这么摸，我可要你付天价哦！"

世上最珍贵的，都是无价之宝。无价的东西世上难买，一旦拥有，那也是不花一分钱的。

伍倩阅尽风尘，看遍俗男，不期然，在自己店里擒拿处男一枚。

在没有开张的里洲 1 号店里，她给他按摩，他给她按摩，两人需索无度，从床上按到床下，又从床下按回床上。

仿佛过了一个世纪，开门时，正午的阳光射进来，伍倩有些打晃，看东西都不太真切了，被幸福冲毁了视力，患了暂歇性眼障。

有人站在门口问："这里是盲人按摩店吗？"

伍倩挦挦发，应道："是的呀！欢迎光临。"

杜若明从里间闪身而出，手里早已拿好了一块按摩布，一块客人藏头发的垫布，恭迎在一张按摩床边。

开工了。

没有剪彩、没有祝福、没有鞭炮响，也无人送花瓶，只是一个客人闻讯而来，里洲 1 号店，就这样悄无声息地开张了。

5

世上最稳固的店子，莫过于这样的夫妻店。

生意就是生活，生活也是生意。

生意和生活融为一体，一日二人三餐四季，平淡如此，亦绚烂如斯。

但在外人看来，里洲街 1 号店，是最不可思议的组合，女的年轻漂亮，能按摩，会经商，善持家；那个盲人除了眉清目秀，长得好看一点，会按摩，能挣点小钱，何德何能，娶到这如花似玉的女人？

羡慕他的人少，更多人吃惊她的选择，怎么会嫁给这样的人？甚至杜若明也没搞懂。

"你怎么会愿意嫁给我这样的盲人？"

"你声音好听啊！"

"声音好听有毛用啊？又不能当饭吃！"

"你长得好看啊！"

"男人哪里有什么长得好看的呀？再好看也不能当饭吃啊！"

"你除了要吃饭，难道不想要别的吗？"

"当然想，想要你啊！"

无客光顾，屋内寂静，仿佛时光也凝固了。他们有一句、没一句地打情骂俏，打骂间，店门咔嗒一声落锁，拉拉扯扯、搂搂抱抱，就溜进了里间。

伍倩从未正面回答杜若明，至于她为何要嫁他，希望成为宇宙中到底有没有外星人那样的世界未解之谜。

郎情妾意、有你有我，至于这样那样的问题，纯属多余。

6

开业半个月后，金指堂的金老板才登门祝贺，送来一只不停招手的发财猫。

杜若明不停地申辩："我可不是什么老板，我只是给伍老板打工的！"

"给伍老板打工？怎么可能啊！伍老板人都是你的，打底谁为谁打工嘛！你这不是傻，是故意揣着明白装糊涂吧。"金老板转身对伍倩说，"以前来我店里，还以为你是偷艺，现在才明白原来是偷人噢！把我们的头牌都拐卖到这来了。我要报警，让警察来抓你这人贩子！"

杜若明笑出了声，说："金老板啊，别开玩笑啦，世上哪有贩盲人的人贩子啊！我可是心甘情愿跟她来的哟！"

伍倩眼快嘴快："金老板信不信，下次我找个姐妹把你拐卖了，送到牛郎店里去，让你夜夜做新郎，肯定要乐开花了吧！"

金老板求饶："姑奶奶高抬贵手，我可做不了牛郎，只能做按摩。"

自从金老板来过以后，生意更是忙得一塌糊涂，那只招财猫，真能招财。

忙不过来，杜若明一个电话，把以前的同事招来顶一顶。不到一个月，昔日好友便没有谁没来过里洲1号店兼职做工的。

钱不会走错路，钱也不会引错门。

本城按摩界的行情是一个钟55元，办卡，量大从优，每次45。在金指堂，技师的提点分20、25和30三档，月底结清。伍倩不分档，直接给过来帮忙的师傅一个钟35元，结现。

对此，杜若明以前的同事个个赞不绝口，连声道谢："谢谢老板娘！"

杜若明纠正他们："她是老板，哪里是什么老板娘，你要感谢伍老板。"

夜里，他俩在里间翻云覆雨，躺在下面的伍倩问："我人都是你的，怎么还喊我老板！"

趴在上面的杜若明嘟囔着："你永远都是老板，我一辈子都听你的。"

正交合得深，店门被敲得山响。

谁这么晚来打扰人家做好事，店都关门了。

"开门开门，警察执行公务！"

伍倩披衣而起，披头散发，脸红扑扑的，不胜凉风的娇羞。

开门一开，傻眼了，赫然站立三名警察，心里凉了半截，惊问："你们干吗？"

"有人举报这里卖淫嫖娼，我们要进行检查。"为首的警察举着警官证，一脚迈进门，后面两个年轻一点的，紧跟着，挤进店来。

杜若明穿条短裤，把伍倩拉到身后，对警察说："我们没做坏事！"

警察说："我知道你们在做好事。"

那两个年轻的警察不怀好意地笑出了声，像猎鹰一样，快步走到里间，从垃圾桶里找到了铁证。

警察说："没什么好说的吧！跟我们到所里去一趟。"

杜若明牵着伍倩的手不曾松开，感觉她不停地颤抖，手温渐逝，由热变凉、由凉变冷。她吓得一句话都不敢说，紧紧依着杜若明，藏在身后，不敢见人。

杜若明说："我们在谈恋爱。"

警察说："嫖娼的都喜欢说自己在谈恋爱，或者说在偷情。不管用啊！你们拿结婚证给我看啊！"

"我们明天就去办证。"伍倩怯生生地说。

警察说："明天的事明天再说，先把今天的事处理完。"

从派出所回来，杜若明说："我知道是谁捣的鬼，非修理他不可。"

伍倩说："谁呀？"

杜若明默不作声，慢慢摸到前台，发抖的手向里摸，触到那只招财猫，一把抓起，狠狠地砸在地上，顿时，碎尸万段。

尽管如此，那只猫手还在不停地挥，像是在跟什么作别似的。

伍倩的泪哗地落下来，可是杜若明看不见。

但他终究还是听到了抽泣声，像经年不息的秋雨，绵绵隐痛，敲打他心房。

7

当着警察的面，伍倩说转天就去办结婚证，但过了很久，证还是没去办，甚至提都不提这事。

伍倩不说，杜若明也不催，默契，是这对璧人异于常人的标志。

结婚证就那么晾在虚无的空间，像一块悬在房梁上的腊肉，他觉得总有一天会吃进嘴里，芳香四溢。

"嫖娼事件"后，伍倩一直没在里洲 1 号店过夜，说是去姐妹那里暂住一段时间，早上十多点钟来上班，夜里十一二点就离开。

这里不再是她的家，回归上班的本质，按点来、按时走。

伍倩一狠心，把"夫妻店"掐掉了两个字，于是，这里只是里洲街众多按摩店里不起眼的一家。

经不住杜若明的缠扰，无人的时候，伍倩会让他抱抱亲亲，但决不允许上身。

直到她再次搬回里间住，她才让他痛痛快快地拥有，为所欲为。她把自己当成他的地，在自己的领地，他是独一无二的君王。

杜若明问："你不怕怀孕啊？"

伍倩说："怀了就生啊！"

杜若明说："咱们还没办结婚证呢？怎么生呢？"

伍倩说："据说私生子都很聪明呢！"

不用安全套，就不怕警察来敲门，这是伍倩的处世哲学。

她的逻辑，杜若明永远也不能理解；她的世界，杜若明无法完全融入。

排斥你的女人，上身容易，入心难。感觉到这一点，他浑身像针刺一样难受，却又找不到施害者。陷入深爱中的杜若明，虽说眼看不见世界，但万事了然于胸，世事洞明于心。

伍倩为什么那么怕警察？

她不说，杜若明永远也不会问。他唯一能做的就是用宽厚的肩膀，给她一个看似安全的温暖空间，为她竖起一道屏障，挡住世上所有的牛鬼蛇神，让她免受打扰。

8

短短一年时间，伍倩把隔壁一家卖女鞋的小店铺给盘了过来，在非承重墙上通一扇门，场地立马扩大一倍多，宽宽敞敞，很是透亮。她一次性添了 10 张按摩床，一次招来五个技师工作，彻底摘掉了夫妻店的帽子，是技师、更是老板。

他们曾经的"爱巢"，改做休息室兼饭厅，两张按摩床移走了，添了小餐桌，桌边围了一排皮椅，方便技师们休息。固定在一家餐馆订餐，定时定点有人送来可口的热饭菜，大家聚拢在一桌，围成一个同心圆，亲亲热热，像是一家人。

但杜若明从不在餐室吃饭，一个人端碗，在按摩室吃。

伍倩说过他无数遍，但终究没能改变他的这一习惯，久而久之，也就罢了。

中午的生意一般在一点以后才兴旺些，所以这里的午饭一般在十二点之前开席。席间，偶尔有客人来按摩，轮到谁的钟都会放下筷子，拿起按摩布，上钟。但这样的情况极少，上班的人这个点才刚下班的，不上班的，这个点，得做饭，谁有空过来按摩。

冲撞他们饭点的也不是没有，比如现在，伍倩一声招呼，大伙围桌而食，偏偏门被推开，进来一人，打听道："现在可以按摩吗？"

伍倩搁下手里碗筷子，查看安排表，轮到新招进来的按摩师方自强，手艺不错，才来 3 天。方师傅是慕名而来的，但明眼人都知道，这里提成多，说是慕名，倒不如说是见钱才来。

"方师傅，你要上钟啦！"

"好的，我等下再吃饭。"

一个钟过去，又加了一个钟，方师傅的碗里的饭菜都凉了，眼看就下钟了，伍倩将他的饭菜放进微波炉加热。

　　热乎的饭菜再度端上桌，方师傅却不踏进里间，拒绝进餐。

　　"为什么不吃饭呢？"

　　"我不想在这待了，老板娘给我结账吧！"

　　"这到底是怎么回事？"

　　"我不想在小姐手下打工，我要回金指堂。"

　　杜若明火冒三丈，重重推一下按摩床，吼道："姓方的，你骂谁呢？你小子是不是活得不耐烦了，找抽吧？"

　　方自强说："我骂人了吗？只不过是说出真相而已！"

　　杜若明说："你给我说清楚点，要不然，老子今天跟你没完！"

　　伍倩说："放他走，不用跟这样的人纠缠。"

　　他们深知方师傅之所以变化这么大，还不是因为刚刚那个客人嚼了牙糕，舌头搬弄是非。

　　送走方自强，他俩都有送走瘟神的感觉。

　　从那一天起，伍倩对午餐有了莫名的畏惧，总怕正午时分，又飞出什么幺蛾子来，冲乱了一切。

　　都说怕什么来什么，但到伍倩这里，这条咒语不管用，她怕就真的不来什么。打方师傅走后，再没有人在中餐时分，节外生横枝，一切都是老样子，水不兴，向好而去。

　　但让伍倩无法理解的是，杜若明竟然会冲到金指堂那里，跟以前的老东家打架。

　　等她赶到现场，市电视台、晚报的记者都蜂拥而来。见杜若明一头一脸的血，伍倩再也不怕警察了，本能地冲了进去，紧紧搂住自己的爱人，大哭起来。

她不停地责怪他："你冲到人家这里来干吗？嘴长在人家脸上，随人家怎么说。"

记者们都不嫌事大，只怕事小，对于这种香艳又毫无压力的素材，个个趋之若鹜。当晚的电视、次日的晚报，都大篇幅报道了此事。

伍倩被动卷入，上了电视和报纸。盲人协会、按摩协会，甚至市残联看到报道后，都闻讯赶来，化解矛盾、解决纠纷。

只有伍倩心里明白，是福不是祸，是祸躲不过，既然选择了光明正大，便注定有此一劫。至于这场劫难是不是金指堂老板所赐，她在心里打了一个大大的问号。但杜若明却认定是金老板幕后指使，暗中捣鬼。

背着杜若明，伍倩到金指堂负荆请罪，请求金老板宽宏大量，放他们一马。

按照里洲街的风俗，她在金指堂门口放了万响鞭炮，于浓雾弥漫中，向金老板点头作揖，道歉拜谢。

尽管如此，她还是没能挽住大厦将倾之颓势。

方自强推倒了多米诺骨牌的第一张，紧接着依次倒下，一倒倒了一片。

杜若明打架只是引线，伍倩才是轰动全城的新闻事件主角。之后，正如她所料，按摩师傅一一离开了里洲街1号店，各奔前程了。

夫妻店又回来了。

人走空的那晚，雨一直下，淅淅沥沥，仿佛离人泪。不见客人来，便早早关了门，杜若明一把抱起伍倩，习惯性地走进里间，把她放在餐桌上，宽衣解带，迫不及待地要了一回。

是宣泄、也激情迸发，伍倩娇纵地呻唤起来。

9

人怕出名，猪怕壮。壮猪被杀，名人挨宰。

伍倩根本不知道上了电视后，会惹来那么多男人的关注。人无耻起来，实在可怕，男人要是无耻了，连鬼都怕。

按摩的时候，有男人跟伍倩拉家常，这本来是再正常不过的了，偏偏有人暗藏机锋，把清凌凌的水搅浑了。

那些不怀好意的男人把里洲 1 号店冠名为"鸡店"，每每聊起，嘴角荡起一丝邪淫的微笑。这是某些男人独有的笑，伍倩早已见惯不怪了，只是在自己店里，又与此遭逢，恨不得提刀杀人了。

推客潮堪比农历八月中下旬的钱塘江大潮。

杜若明的生意冷清了许多，双手清净得有些慌乱，耳根却异常杂沓，像是纷乱交战过的尸横遍野的战场。

他听到了伍倩职业化的笑声、热情而又不失分寸的招呼，还有她的义正严词，也听到了客人不怀好意的问询、被拒绝的涎荡、摔门而去的悻悻。

杜若明仿佛置身一个完全陌生的环境，因为来者不是享受按摩的，其主要目的是来抚摸女技师。身体里有团火，要找女人来败败，以图清静清凉。

一度街头巷尾冒出许多粉红艳红的小店，像野蘑菇一样占领了暗角。所有的点都推出同款店招——正规按摩。人人心里都明白所有"正规按摩"都不正规，挂羊头卖狗肉，玩的是休闲。

正规按摩从不把"正规"二字挂在嘴边，写在店子的玻璃门上，它只强调"盲人"二字。

历来，大家都不愿离土别乡，于是雨后春笋一般，在城里处处兴起。启明盲校起到了不可替代的作用。

杜若明是后起之秀。如果全市范围选头牌，杜若明要不是头牌，其他几个绝不敢把头牌揽在自己身上。

如果不是杜若明有这两把刷子，里洲1号店肯定不能跑火到天妒人怨的地步，甚至能不能开起来都是个问题。

生意清淡的时候，他们像两只可爱的小动物一样，粘连在一起，直到有一天，伍倩干呕不止，才终止了这无休无止的腻歪。

"你怎么了？"

"感冒了吧，可能昨晚受凉了。"

"喝口热水吧。"

"不用，我不渴。"

从那天起，伍倩就不让他碰自己了，借口身体不舒适。

杜若明孩子一样听话，牵肠挂肚，整天对她嘘寒问暖，活脱脱不知如何疼人的愚笨小丈夫。

10

不管外面是怎样的风风雨雨，杜若明岿然不动，人家传伍倩是个妓女，他决不认同。

什么玩意！？尽胡扯些没油没盐的东西。那些生意做得不好的人，不思进取、贪得无厌，只知道往人家身上泼脏水，使尽下三烂的手段，哪里配做人，下辈子一定要做猪狗、下地狱。如果确切地知道这脏水的源头，杜若明非给他碎尸万段不可。

对于伍倩的属性，杜若明一向非常明确——我的、我的、我的女人！

但近来人事多消磨，事态起伏间，他开始预感和自己的女人生出罅隙，她正渐行渐远离。惊慌从天而降，让他无法面对自己，无力想未来。

他是听声音听出来的。

那个人来的时候，几乎无声，只听见伍倩略显平静地招呼说："来了？"然后，一前一后去了小包间，咔嗒一声响，虽很微弱，在杜若明心里却是洪钟。

她从里面上保险，外面的人就进不去。

里洲1号店，向来都是敞开门做生意，这样闭门按摩，还是头一遭。而那个人每次都享受到了这种无人来扰的待遇。

间或，传来低吟和轻唤，这是杜若明熟悉的也是最喜欢的，然而，此时此刻，声声如箭、万箭穿心。打架时的受伤处，又隐隐地痛了起来，比之更痛的，是他的心。

他想打110，举报里洲1号店里卖淫嫖娼，想到自己爱的女人冰凉的手心，又心软了，只好作罢。

没错，她是自己的女人，可又没经过明媒正娶，更没扯证，不受法律保护。身体是她自己的，想怎样就怎样，自由在上，谁也无能为力，他只有无可奈何。

是该坐下来，好好谈一谈了。他想。

11

"怎么不回家了？"

"有事。"

"我想娶你，咱们结婚吧！"

"我不想嫁。"

"嫌弃我了？"

"不。"

"你都是我的人了，嫁给我吧！我求你了。"

"我配不上你。若明，你知道吗？我太累了，这个店我开不下去了，以后，你一个人做吧！我没资格嫁给你。以前盘下来的那间服装店，我会退租，你一个人守一间小店，应该没什么问题。"

伍倩还没说完，突然换了一种语气，说："来了？"

杜若明知道，那人来了。

"你是谁？"杜若明气鼓鼓地问那个人。

"我是谁，你瞎了，看不到吗？我是她老公。"那人满是讥讽地说。

老公？怎么可能呢？她从没提过自己有老公。

蒙在鼓里久了，重见天日的这一刻，他觉得自己太傻了，却怎么也恨不起她来。她是自己第一个女人，目前为止，也是他的唯一。

杜若明不知道该怎么办。

每天上午十点左右，伍倩都会准时出现在里洲1号店，然后夜里十点离开。但是那天很意外，从上午十等到晚上十点，杜若明也没有等到她，打电话也没人接。

次日上午，才接到电话，她说她回赣南老家了，要他多保重！

放下电话，杜若明哭得像孩子一样，边哭边诉："没有你，我该怎么办？"

没有伍倩，生意不好也不坏。

在所有同僚中，杜若明不是第一个出来开店做老板的，但他的创业经历是一等一的传奇。

科学家的成功是站在巨人的肩膀上才得到的，而杜若明是站在女人的肩上，才摘到诱人的果子。

里洲盲人按摩师历来信奉"不想开店的按摩师都不是好的金手指"这一金科玉律。这是他们一生为之奋斗的动力之源，也是他们的终极目标。

杜若明店一开，钱有了、女人也有了，曾一度成为盲人技师口耳相传的佳话，令多少金手指艳羡不已。而今，伍倩走了，店也半死不活地吊着。那神仙般的日子一去不复返了，天塌了，他不幸跌落凡间。

好在，每天还可以打个电话给她，这成了杜若明支撑下去的精神支柱。

这天中午，在等外卖的时候，习惯性地又给她打电话，居然停机了。惊得他从按摩床上滑了下来。在微信里呼她，拒收、拒收、拒收，才发现被她拉黑了。

最担心的事，终于发生了，伍倩从他的世界彻底消失了。

没有她任何亲友的联系方式，只知道她在赣南，可赣南那么大，到哪里才能找到她？

12

　　没有客人的时候，杜若明独坐按摩床，像一头趴在树阴下反刍的牛，不停地咀嚼过去、回味美好。伍倩周身散发出的鲜甜气息，肌肤绸缎般的嫩滑感，以及两人交融时那无法言说的兴奋、激动、爽快和幸福，像潮水一般，将他陷入没顶之灾。

　　门被推动了，回忆戛然而止。是店员，还是客人；是朋友来访，还是伍倩回来，通过细微之别的声音，他就能准确地判断出来。

　　"吱呀"一声，成了他永久的期待。

　　生意越来越难做了，客人们说这是美国总统特朗普搞的鬼。他才不管什么特朗普、特靠谱，每天上午九点，照常开门纳客。再苦，他也要撑下去，杜若明天天盼望伍倩回到这里来，坚信她一定会回来，说不定就在明天呢？

　　也许，她真的不会再出现了。

　　但店会在这里，一直都在里洲街1号，除非地球停止了转动。

（2018 年）

死鱼事件

1

夕阳铺在河里，像是给这条不太宽，泛着恶臭的城市小河洒了一层的金子。

这条穿城而过的河，比落在乡间的河港高贵千百倍，再铺撒这么层薄薄的金子，就更显其高贵尊荣。

杨明风尘仆仆地来到这条河畔，疲惫毫不留情地将他严严实实地裹住。他是第一次进省城，见啥都稀奇，目光里挂着无数个问号。

杨明是有点文化的，念过中专，拿过奖。毕业后，找不到工作，像泄了气的皮球，在家中闭门睡大觉，三天三夜茶不思、饭不想。父母拿他没任何办法。本来，读书是小孩过招，有本事尽显其能；工作却是大人之间的竞争，八仙过海、各显其通，有礼送礼、有权使权、有亲戚求亲戚。杨明的父母老实本分，除了双手挣钱养家糊口，别无长技，对于儿子工作的事，真是一窍不通。他们没有办法求别人帮忙，只好求儿子

196

想开点，祖祖辈辈都种田过来了，到你这辈就活不成？不可能！你还有手脚，还有文化呢。

杨明听大人的话，用自己的手脚在村里捣鼓了一阵子"文化"，可是不管用。"文化"在村里伸不开拳脚的，走到哪哪儿断路、跑到哪哪儿受阻。走投无路，他走上了打工这条路。无奈之下，随铁蛋一同上省城来找事做。一路上，他心不甘、情不愿，却再也找不到别的办法。

杨明对铁蛋有点怵。铁蛋是村里的老光棍，长得一身的膘，力壮如牛。杨明7岁的时候，跟在比自己大10多岁的铁蛋屁股后面，下河摸螺蛳，觉得十分新奇，踩踩踏踏，水花、泥点四溅。

铁蛋吼道："你也来摸螺蛳？"

杨明回击："你能摸我不能摸？"

铁蛋面色铁青，揪住杨明的小鸡鸡，骂道："龟崽仔，我让你摸！"

杨明痛得嗷嗷大叫，眼泪大颗大颗滚落下来。得知铁蛋欺负自己的儿子，他妈气得嘴脸乌青，狠狠地骂道："铁蛋啊铁蛋，你这样欺负我的儿子，你一辈子都娶不到老婆。"

她这一咒语果真灵验，铁蛋真的一直打光棍。

再碰到铁蛋，他就浑身发抖，最怕铁蛋笑嘻嘻地恐吓："还想下河摸螺蛳吗？"

来省城的路上，杨明和铁蛋一路无语，像是一对狭路相逢的冤家。

站在城市的风中，看金色的河，感觉自己置身于如画的景致中，杨明很想表达点什么。迟疑间，铁蛋火了，冲他喊道："走啊！快点走！你想下河摸螺蛳呀！"

杨明下意识地一惊，浑身不由自主地抖了一下，抖出一地的惊恐来。

夕阳在高高低低的城市楼群之中隐没，夜尾随而来。城市的夜，黑得不彻底，街道的灯四射着，映出迷人的景致。一扫一扫的汽车灯光像是在黑夜里割出一道道伤疤，只是夜太薄了，只一会儿工夫，伤口就自动愈合了，伤害遁于无形。

杨明跟着铁蛋走进大桥下面一片低矮的工棚，潮气、霉味和污浊的臊臭味扑面而来，比之黑夜，有着更实在的内容。不敢相信，这么一个鬼地方居然还能住人。

铁蛋说："还愣什么呀？不想吃苦，你马上滚回去！"

杨明感到十分惊讶，心想一向马虎的铁蛋，居然一眼能看透人家的心思，赶紧解释说："来了，来了。"他在心里嘀咕，人家还没适应过来呢。

2

大桥下面有很大的空间，几百号男人的吃喝拉撒睡全在这里解决。平时，总有一帮人在沉睡，醒着的人都在大桥旁边的工地上干活。工地是24小时作业的，大桥下面来来往往的人一刻也不停息。杨明看这些人就像看蚂蚁一样，知道他们在走动，却不知他们为什么走。还没等喘匀气息，就像一只新蚂蚁一样，加入了那忙碌的队伍中。他感觉自己是一只快乐的蚂蚁，因为总算找到一份工作，自己可以养活自己了。

杨明彻底溶入大桥下面之后，就不再受制于铁蛋，而是和铁蛋一样归顺于一个名叫九万的男人。人不求人一般高，对铁蛋，杨明只觉得亲近，是那种风雪中同烤一堆弱火、暗夜里共守一把寒星的贴近。他不再怕铁蛋恐吓，听到铁蛋说"下河摸螺蛳"之类的话，会反而攻之："再说，我把你的'螺蛳'割下来。"铁道不屑："哟嗬，长大了？敢在我头上动土？看谁割谁的'螺蛳'——"免不了闹作团，进行一番零距离的接触。

人因为有距离，才会生恐惧。距离没了，知道什么是什么，哪还有恐惧可谈。就像鬼，人们怕它是因为没见过，离自己遥不可触。

这天黄昏，杨明沿着水泥砌好的河堤，漫无目的地溜达。河对岸有个一袭白衣裙的女人在遛狗，有一对热恋男女合二为一地缩在一张情人凳上，还有一位老人在练后退走……而杨明这边，因未开发，只有萋萋芳草和依依垂柳。他在替情人凳上的人担心：搂得那么紧不热吗？不痛吗？渐渐地，他神思恍惚，最敏感的神经触上电，情感像洪水开闸，一泻千里。

大桥下面的人们没有漫步的习惯，看见杨明独自一人走进草树深处，悄然嘀咕："看那德行，一身泥浆还想做城里人的样子。小心跌到河里喂鱼。"

突然，铁蛋从后面跟了上来，吼道："死鱼喽！又死鱼喽！——"杨明看到铁蛋满面红光，手舞足蹈，夕阳下酷似一条快乐的鱼。

铁蛋这是怎么了？他从来没这么高兴过呀？仅仅是看到死鱼吗？哎，铁蛋呀铁蛋，这死鱼又不像活螺蛳，你瞎高兴个啥？

一瞬间，杨明满脑子塞满了疑问。

杨明满以为对铁蛋了如指掌，却不知道，他还有这么一个"雅好"。他想，这个世界最复杂的是人，包括眼前这个头脑简单的男人。

铁蛋说："杨明，今晚上你顶我上工，我要捞几条还没死的鱼上来。"

杨明说："你要这死鱼做啥？这可是被污染过的，吃不得。"

铁蛋恢复了往日的雄风，大声喝道："你懂个屁！还不给我去上工！"

杨明心里隐隐地涌上复杂的情绪，他知道，又是那小小的螺蛳在做怪。他说："是你求我，还这么凶？"

铁蛋说："好了，你快点去吧！少不了你的好处，我会给你一个惊喜呢！"

杨明加快了步子，也不去理会铁蛋的那份惊喜，径直往回赶。

铁蛋是个有口无心的老光棍，期待从他的天空上掉下什么鲜美馅饼，不过是个天大的笑话。杨明倒是对他为什么一见到死鱼就这么开心，产生浓厚的兴趣。

究竟是什么东西让他眉飞色舞，忘乎所以呢？

仅仅几条死鱼是不可能有如此效果的。

铁蛋其实是个阴郁的人，郁郁寡欢，他不光是肉体守寡，精神世界也算是寡居，没有人能通达他灵魂深处。寡居的生活，让他情绪低落。既然捞死鱼会这般快活，杨明觉得有必要去帮他一把。

杨明找到九万，一本正经地向他汇报："老板，铁蛋今天有点事，我来顶他的工。"

九万叼着一支烟，头也没抬，问道："他又捞死鱼去了吧？"

杨明感到莫名惊诧，他怎么知道？杨明认真地打量起这个平时漠视一切的九万，他竟然什么都知道？像是发现一块新大陆一般，再看九万都觉得他亲切了很多，不再是高高在上的感觉。

九万年纪不大，顶多35岁，却在这个工地上威震如山，是众打工仔的"银行"。他最显眼的是那头发，如风中垂柳，飘逸俊秀，极像香港明星郭富城。他浓眉如黛，山一般沉重，眉宇之间眉毛相间极短，星相上说，这种人极为狡猾。九万给人的印象是帅气，特别是那副金边眼镜，在工地上极为醒目，在帅气里又掺入了一点书生气，那感觉像是咖啡洒上乳白色的咖啡伴侣，是好上加好，结局是妙不可言。

突然，杨明在恨自己，为什么读了中专偏偏不近视呢？有副眼镜架在鼻梁多好！

九万说："还愣着干什么，不上工了？"

杨明灰溜溜地走进庞大的建筑工地，耳边搅拌机的轰鸣、工人之间的吆喝、铁锤在水泥地上的敲击声，汇聚一起，潮水般涌入耳膜，在这声音森林里，渐渐迷失自己，感觉自己变成钢筋水泥大怪物里一个忙个不停的小怪物。

凌晨，杨明悄悄地爬到自己的床板上，深深地吐了一口气，迷迷糊糊地躺下。鼻子敏感地捕捉到一种新鲜气味：腥臭。

他轻骂道："这该死的铁蛋，把鱼——"没骂完他就跌入香甜的梦乡。

一觉醒来，正午的太阳在大桥附近形成一个融融的亮亮的场，工棚里的晦暗被这场吸引得飘摇不定。其实，不光是人，连晦暗也知道要光亮。杨明看清了工棚里杂七杂八的物什，透过漏缝也看见阳光，使劲地嗅了嗅，那腥臭味还在，再一闻，又加了一层味道：臊臭。他嘟囔了一句："怎么回事——"下面粘得厉害，感到不适，他起身换了内衣，脑子里清晰地映着情人凳上那对相依相偎的恋人。

杨明提着衣裤到河边洗，轻风和暖阳把他熏得沉醉。河边漂浮着一大片死鱼，大大小小的鱼翻着肚、鼓着眼、白得惨，十分壮烈地横陈，像战场上倒伏的士兵。鱼的敌人是它赖以生存的河水，水中的毒素是击毙它们的枪弹。杨明看着这成片成片的死鱼，伤心得快要落泪。他丢下衣服，沿河堤走着，走到哪，鱼就死到哪。他已走出很远，河边的树越来越浓密，人迹罕至，而鱼仍是密密挤挤地漂在岸边。他感到隐隐的心痛，此痛一点点加剧，慢慢累积，真切地存在着，心都快碎了。

死了这么多鱼，多可惜！

一对穿着入时的男女见杨明走来，神色慌张地起身，匆匆隐匿在更浓密的树林里。

杨明轻轻地说了一句："野鸳鸯。"

他捡起他们坐过的几张报纸，看见报纸上一行醒目大字：又见 × 河漂死鱼。他想,这条河肯定发生过好几次死鱼事件,否则,堂堂大报不会用"又"字。可是谁来制止这个事件的发生?谁都没有出来,因为几乎每一个生活在城市的人都是这个事件的参与者,换句话说,是杀鱼的凶手。

杨明正想着,突然瞥见报纸上一团秽物,顿时恶心得直想吐,扔掉报纸,飞也似的跑回去洗衣服。

3

铁蛋果真没有食言,给了杨明一个实实在在的惊喜。这已是一个月后的事。

杨明在大桥下面待了一个月后,这座城市进入雨季,天落的雨好似没吃饱的孩子的眼泪,没完没了地流泻。工地不得不停工,杨明和铁蛋缩在大桥下面,看雨水经大桥桥面流下,流成一串串污黑的水柱,好像许多条懒女人的长发,又黑又臭。

九万在工棚外面吆喝:"伙计们,到我那里吃花生米和啤酒喽!"杨明身边立即有一帮人腾地起身,循九万的声音而去。

杨明与九万不熟,木木地站着,直到听到一串脚步声混在雨声中没了消息,才有深深地伤痛:原来自己是如此寂寞。他除了该死的铁蛋,居然没有一个可以说上几句话的人。铁蛋见杨明一副深沉的样子,心中一阵好笑。

人一思考上帝就发笑,这个时候,铁蛋和上帝差不多。

铁蛋说:"小子,你愁什么呀?下雨不做工没钱赚是不是?跟我走吧,小子！"

　　杨明先是摇摇头，接着疑惑地探问："下这么大的雨，你要带我到哪儿去？"

　　铁蛋得意了，笑嘻嘻地说："上次不是说给你一个惊喜吗，你去了就知道。"

　　杨明起身，铁蛋拍拍他的肩膀说："小子，你来福了。"

　　铁蛋对杨明意味深长地一笑，一副神出鬼没的样子，好像有什么神秘得不得了的事在他心里藏着。杨明的胃口被调得高高的，任凭铁蛋牵着鼻子跑。

　　他们俩披着一身的风雨走进港务局的大院，在一座一层的筒子楼的走廊里，停住了脚步。杨明问道："这是什么鬼地方，走廊里大白天都黑咕隆咚，又是这么安静，怪吓人的。"

　　铁蛋秒变高傲的导游，活灵活现地说："这呀！是港务局，就是管河管港的。火车汽车把港务局挤垮了，这里的人都跑到外面打工去，剩下这些破烂房子都租给别人住。"

　　铁蛋在走廊最里面一间，敲了三声门，立即就有甜得让人发麻的女声传出来："哪个？"

　　铁蛋清清嗓子，十分自豪地应道："我，铁蛋。"

　　门"吱呀"一声开了，杨明看到一个30多岁的女人，清瘦如风、恬静似云，除了怎么也遮不住的皱纹，整个儿给人一种舒服的感觉。

　　女人连忙堆出一脸的笑，说："进来，快进来！"

　　铁蛋说："你得喊齐大嫂！"

　　女人很自然地拍了铁蛋的胳膊一下，纠正道："你别听他瞎说，叫我齐大姐就行了。"

　　她白了铁蛋一眼，愤愤地说："又揩老娘的油，你这个短命鬼，看我怎么收拾你！"

　　杨明明白了，铁蛋和女人关系已非同一般了，不禁想起，前不久在大桥下面的浓密树林里看到的那对野鸳鸯。一股热血一个劲地往头上窜，杨明有点不知今夕何夕了。

　　铁蛋说："杨明，你也年纪不小了，今天来是给你介绍姑娘的。"

　　杨明着实惊喜了一番，正处在寂寞的顶峰，竟会发生180度的大转弯。

　　齐女人问："你真是中专毕业吗？"

　　杨明抑制不住心中的狂喜，兴奋得说不出话来，只是一个劲地点头。

　　齐女人说："我女儿叫黄桂蓉，今年19岁，师范毕业后，在私人办的小学教书。如果你们有缘，那我介绍你也去那学校上课。"

　　杨明激动得直想喊她妈妈了。

　　黄桂蓉下班回到家，杨明的心一下子吊到嗓子眼里，整个人都在颤抖。黄桂蓉见到杨明，眼里含着笑，问道："妈，这是谁呀？"

　　铁蛋说："他叫杨明，跟我在一块做事，今天没什么事，一起来玩。"

　　杨明先是满腹疑问，她能生出这么大这么漂亮的女儿吗？紧接着他被黄桂蓉的一瞥一笑逗得浑身酥软，半天动不了一下。他心狂跳不止，无声地念叨：我爱上她了，真的，我爱上她了。他无法理解，自己怎么这么快就爱上一个人，是她的眼神起的作用吗？

　　四人围在一张小桌子暖融融地吃饭。

　　铁蛋问："大姐，那鱼好卖吗？"

　　齐女人笑答："那还用问？"

　　杨明一看桌上的菜，顿时傻眼了，全是鱼：水煮鲢鱼、清蒸晚鱼、爆炒黄鱼、煎的鲫鱼、炸的乌鱼……他想，该不会都是死鱼吧？一顿饭下来，杨明胃口奇好，满嘴鱼香，鲜美滋润，赛过活神仙。

饭后，齐女人说："你们俩到河边上去走一走吧。"

黄桂蓉拉长声音说："妈——"

杨明的胆子忽然一下上来了，热情而自信地说："桂蓉，咱们走吧！"

黄桂蓉半推半就，在肩上挂上一只精巧的挎包，跟着杨明出了屋。

4

他俩一声不吭，走过长长的黑黑的走廊，吃惊地看到一弯彩虹挂在半空中，两头消遁在城市层层叠叠的楼群中，仿佛是一个大的花篮悬在天空，而篮中则装着馊栗子一样硬臭的城市屋宇。

杨明和黄桂蓉在奇美的自然奇观面前，像第一次看见星星的孩子，被天宇吸引得如痴如醉。

杨明说："真漂亮！"

黄桂蓉也说："真漂亮！"

一同看天，一同发感叹，他俩的心一下子拉得很近。

夜幕如黑布从天边扯下，城市发出迷蒙的灯光，透着一股诱人的气息。杨明和黄桂蓉一前一后说说笑笑走出港务局大院，漫步大街时，不知不觉地并肩而行。

到河畔风景带，借着乳白色的灯光，杨明轻轻地触碰到黄桂蓉的细嫩的小手，遭到轻轻推拒，脸上唰地红遍。不一会儿，他又柔柔地去抓那只手，只是挣脱了两个来回，就不再动了，像困倦的小兔安静地躺下。没过多久，两只手就柔情似水地缠在一起了，再看影子，变成了一个两头一身四条腿的怪物。

在一条石凳前，黄桂蓉娇喘着说："累了，咱们歇一会儿吧！"

她先落座，把屁股安顿在石凳上，杨明也把屁股凑了过去，脑海里浮起在大桥下面看见人家相依偎的情景。真没想到自己这么快就真切地走进梦幻景致中，人兴奋得如一只狂奔中的野鹿。

杨明蓦地将黄桂蓉环住，轻喃着："桂蓉，我喜欢你！"

他很想说我爱你，出口却变了味，成了"喜欢"。他极为看重爱，不想如此轻飘地把它说出口，珍贵的东西要在最珍贵的时候郑重交付给最珍贵的人。这样的夜晚，这样的女孩，杨明居然没有郑重地献出自己最珍贵的东西。他也不知道自己在干什么，只感觉自己像一叶扁舟在无望地海里任意漂游。

灯光太魅惑人了，杨明实在把持不住自己，把滚烫的嘴唇凑了过去。黄桂蓉不胜娇羞，用手挡了过来，说："不行，你这样子我不喜欢。"杨明闯过她的手，双唇直指目标。黄桂蓉不再动弹，轻轻地闭上双眼。杨明吻着她温润、火热的双唇，人像断线的风筝，在风里飘。杨明感到她的双手以呢喃的速度爬上自己宽厚的背脊，轻轻地摩挲、柔柔地按压。

黄桂蓉包里的传呼机不知趣地响了，像是在报警，吓了杨明一大跳。

她风一样挣脱杨明，急急地拉开坤包的拉链，取出小巧的寻呼机，按出信息来看。

她说："杨明，我学校里有人呼我，得返回学校了。今天咱们就到这儿了。再见！"

杨明还没缓过神来，黄桂蓉已消失在灯火阑珊处。

杨明像失魂人一样，深一脚浅一脚地往港务局赶。他想急切地告诉铁蛋：黄桂蓉已经是我的女朋友！夜色中的大院寂静得虫鸣都显得很聒噪，汽车的轰鸣声像在半空中，与虫鸣遥相呼应。走进黑廊，杨明几乎失明一样，黑暗犹如洪水把他整个儿给淹没。

齐女人的屋门虚掩着，朦胧的灯光将黑暗冲淡了些，洒下一地的希望。

杨明接近光亮，听见铁蛋在"嘿哟嘿哟"地低吼，吼声中伴有齐女人"哎哟哎哟"的尖叫，恰似两只蝉一唱一和。他不明就里，不知他俩在搞什么鬼，不禁蹑足潜踪，贴近前去看。

他惊呆了。

铁蛋和齐女人一丝不挂地缠在一起，好像两条鱼在水中尽情地嬉戏。

杨明只瞅了一会，就睁不开眼睛。他陷入黑暗中，浮想联翩，要是我和桂蓉也这样……等他缓过神来，里面已停止了动静，四周死一般寂静。

杨明转头走出黑廊，走到大街上，心还在怦怦直跳，好像做那事的不是铁蛋，而是自己。

一直以来，如巨蟒缠身似的寂寞，在这一刻全然消失。他突然明白，自己于冥冥之中东奔西突地找寻的，正是今晚偶遇到的东西。可是，什么时候才能真正拥有呢？他犯糊涂了，痴痴地想着有朝一日有那么一份福气。

回到大桥下面工棚里，杨明还在不停地品咂今宵的艳遇，渐渐地瞌睡袭来，跌入香艳的梦中。

"明哥，快来看呀！这么大一条鱼！"黄桂蓉在河畔密林中尖叫。

"来了，来了，我来把它捞上来。"杨明一边应答一边追过来。直到黄桂蓉跟前，大鱼消失了，杨明说："没有鱼呀？"

黄桂蓉也感到疑惑，说，"咦，真奇怪，我明明看到有一条大鱼浮在水面上呀！怎么一下子没了呢？"

杨明一把抱住黄桂蓉，狠命地吸吮她的脸颊，双唇和光洁如玉的脖子。杨明听到轻声的呢喃，轻轻地把黄桂蓉放倒在浓密的草地上，用手轻解衣裳，像掰竹笋一样，一层一层掰开，直露出玉洁的身躯。他赤裸上前，重重地压了上去。

万万没料到的是，在身下欢蹦乱跳的不是美丽少女桂蓉，而是一条硕大的鱼。

黄桂蓉倚在一颗垂柳上，似笑非笑地说："明哥，你真厉害，抱上来这么大一条鱼……"

杨明醒来后，才知自己陷入一个玫瑰色的梦中，细细回想梦里残缺不全的片段，又嗔又喜、又怨又痴。

他骂了一句："该死的恶鱼，害得我又得换裤了。"

5

上工地做工的时候，杨明看到铁蛋，冲他诡秘一笑。

铁蛋笑问："感觉怎么样？臭小子，该感谢我吧？"

杨明一声不吭，一心一意地做事。

下工后，杨明找到铁蛋，有点不好意思地说："你居然敢跟那女人……"

铁蛋满不在乎，嘿嘿一笑，说："傻小子，那也是你看的？还是做你自己的正经事吧，努把力，把她女儿弄到手。她可是对你十分满意，做她女婿不吃亏哟。"

杨明说："她们真的是母女关系，我看怎么也不像啊？"

铁蛋说："人家说是就是，你管得了那么多？臭小子，你好好把你的小宝贝搞到手吧。在我们村里，你也算老大不小了。"

杨明嘿嘿一笑，不再言语。

从此，他心里多了一个疑虑，这一老一少两个女人，真是有太多不可言说的奇怪了。

杨明和铁蛋多了一层谁都不知晓的关系，这层关系把他们莫名其妙地拴在一根绳子上，谁也别罩谁，共同面对才是最好的选择，唯一的出路。

杨明向来讨厌吃鱼，怕的是鱼骨头。小时候，他曾被鱼骨噎过一回，差点刺破了喉咙，从此，对吃鱼抱有极大的恐惧感。这种感觉一直陪伴他到 23 岁，在那个晚上才正式结束。他开始喜欢吃鱼，并且听到人家说鱼，心里就漾起一股麻酥酥的感觉。

没事的时候，铁蛋唆使杨明请客，说："小子，请我吃鱼吧？"杨明原本心疼好不容易才赚到的几个钱，但一听鱼，顿时满目放光。

在小酒馆里，杨明问："铁蛋，什么时候到齐大姐那儿去？"

铁蛋说："臭小子，你还叫大姐，该叫妈了。那事呀，你再等等吧！"

杨明追问："等到什么时候，你每次都说等呀等的，真是。"

铁蛋说："我也不知等到什么时候，只要河里漂满了死鱼，就可以了。"

杨明巴不得再一次发生死鱼事件，让鱼像鲜花一样，在河里遍地开放。他曾真诚地为鱼的死心痛、心碎，而今，却盼望鱼死。只要鱼死了，就可以到齐大姐（还不能叫妈）家里去，就能见桂蓉，就能……杨明想着想着，不禁眉头舒展，心花怒放，那感觉像天上的流星，把寂寞的夜空装扮得花枝乱颤。

杨明一刻不停地关注河畔的动静，看见河中有白东西漂浮，闻到河里有恶臭飘来，便欣喜若狂。然而希望十之八九都会落空。白东西是塑料袋、快餐盒，恶臭是被河水泡烂了的腐菜、弃物……

一有空闲，杨明就丢魂一样往大桥下面沿河堤而去，直至密林深处。

九万找杨明上工，不见人，就问铁蛋。铁蛋自信地说："他在河边上，我去找。"

这天黄昏，杨明照例往河畔草树丛里钻，一双眼滴溜溜地转，想在河面找出几条死鱼来。照例是失望，失落。

他躺在草地上，听风看霞，悠悠心醉。

突然，杨明听见一个极为熟悉的声音，紧接着一个极熟悉的人出现了。

是黄桂蓉。

杨明心跳加快，真可谓"得来全不费功夫"，正张嘴要喊，看见九万跟在她后面，嘴就不由自主地缩了回去。

杨明隐在草丛深处，想看看九万这狗东西究竟要干什么。他使劲地抓起一把草，以控制自己不要动弹。夹在草里的玻璃割着手，泅出鲜红的血点，可他一点痛感也没有，只有气恨。

九万的鼻子上今天没有架金边眼镜，露出两只小眼睛，深深地往里陷，有点骷髅的意思。他轻轻地把黄桂蓉扳到自己身上，稍稍低头，她的唇就迎了上来。杨明想，她不推拒，反而迎上来了。九万抱着她热吻着，她的手以梦幻般的速度抚上他的背，亲密地抚摸。杨明想，她的传呼不响了。九万松开环抱的双手，一手掀起她的裙子，一手褪下她白白的短裤，然后塞进自己衬衫口袋，动作娴熟而优雅，像极一个老渔翁极熟练地用网网住一条白白的鱼。

杨明再也看不下去，抓起一颗石子，朝九万的脑袋扔去。沾满血的石子飞出一个漂亮的弧线，落在河里发出清脆的响声，可惜九万的脑袋不在弧线的轨道上。九万拉起黄桂蓉赶紧逃走。他们边走边说话，那话句句像针深深地刺痛了杨明的心。

黄桂蓉说："你会想我吧？"

九万说："想，想死你呢。"

黄桂蓉说："想我怎么不打传呼给我？"

九万说："想急了才打嘛！"

黄桂蓉说："那晚你打我传呼的时候，我正遇到点麻烦。有个无聊的男人缠着我不放，多亏了你打传呼来。"

九万说："是吗。那男人是谁呀。"

黄桂蓉说："好像是你手下的打工仔。"

九万说："真是癞蛤蟆想吃天鹅肉，敢打我女人的主意？看我怎么收拾他，断胳膊还是腿，只要亲爱的你一句话。"

黄桂蓉说："不要不要，人家只要你以后经常想我。"

九万再说："小心肝，天天想你。"

那晚上正处在兴头上，居然是九万用传呼捣鬼。可那鬼女人竟然说是学校有事传她，真是岂有此理。杨明气得像疯了一样，不停地朝河里扔石头。点点涟漪在河里泛起，又不停扩大，大至无形。

夕阳下，水波像大大小小的金块，而杨明却没心思去理会。

6

九万找到杨明，说："你和铁蛋别想等死鱼事件再度发生了。过几天，市政府要清洗这条河，往后水清了，还会死鱼吗？不信你看报纸。"

杨明有点怵九万，尽管他抢了黄桂蓉，惹得他火冒三丈。他佯装看了那条清淤的报道，以稳住心里不明不白的复杂情绪。

九万笑了，说："齐大姐给你烧鱼吃，今晚上你去吧！上工的事你就不用管了，我会安排好的。"

杨明还是没有稳住自己的情绪，颤抖地说："谢谢老板！"

九万迈着狂傲的步子离去，一路上发出哈哈大笑，笑得杨明不住地发抖。杨明原以为自己会揍一顿九万，却不知道自己事到临头只是这么一个鸟样，连说话还发颤。

杨明起初死活不信齐女人会邀自己去吃鱼，在工棚里坐了半天，想想还是去吧，鱼味太诱人了。他要向齐女人告状：桂蓉竟然跟一个三十多岁的男人……太不像话了。他想，齐女人听到自己的女儿这样，肯定会火冒三丈，说不定还会找人痛扁九万一顿呢。他禁不住学着九万那样哈哈大笑起来。搞得工棚里的人恶狠狠地骂他："小兔崽仔，你想找死啊！"

夜里，杨明和齐女人边吃边聊天，齐女人笑眯眯地看着他，不住地给他夹菜。他看着齐女人的那副娇柔样，早把告状的事忘到九霄云外了。

杨明问："你在城里，做什么事？"

齐女人说："我卖鱼啊。河里一死鱼，铁蛋就会帮我弄很多鱼过来。当然了，他这样做我是要给他好处的。"

杨明又问："蓉蓉的爸爸在哪？"

齐女人说："他爸爸早死了。我一个人在乡下不愿待，就到城里来做做小生意。我早就听说这河里经常死鱼，钱好挣。"

杨明说："钱有那么好挣吗？"

齐女人说："难啊。后来我跟一个男人跑车，感到太辛苦了，身体吃不消。而且那开车的男人也不正经。"

杨明说："对你怎么不正经呀？"

齐女人说："还不是要我跟他睡觉。睡了一年多，我也累了，就离开了他。"

听到这，杨明就莫名地有点烦躁，血不断地往头上涌。

他颤颤地说："你在这儿没有鱼卖的时候，还做别的吗？"

齐女人突然大笑，说："你问这么多干什么？记者采访啊？"

吃过晚饭，吃得满嘴满肚满屋子都是鱼腥味。这餐鱼吃得并不多，但鱼味道远远要比上次重。

齐女人留在厨房兼饭厅洗碗、洗澡。杨明躺在客厅兼卧室看电视，厨房和客厅的门紧闭着，而客厅通往黑廊的门却虚掩着。杨明烦烦躁躁，手握遥控器，不停地换台，只要荧屏出现男女对视的镜头，才会定格一会儿。

齐女人从厨房出来，像是浣纱皇后，披挂着素雅的美丽。月白的连衣裙裹在身上，衬得她像极了二十五六岁的少妇，柔媚的双眼波光粼粼，闪出缕缕妖野气息。

杨明感到心轰的一声巨响，人整个被逮住了。

齐女人说："明明，你和我女儿蓉蓉怎么样了？"

杨明刚想问蓉蓉到底是不是她真正的女儿，倏一下又不记得自己要说什么了，只好十分委屈地道出事实真相："我很喜欢她，可她不大理我。"

"是嘛？"齐女人散淡地说，"哎哟，我有点头痛，不好意思，我想躺下来。"

杨明想，这是下逐客令。

但是他坐着，硬是不动，能再待一会是一会。

齐女人躺下后，微闭着眼，说："明明，帮我揉揉太阳穴吧！"

孤男寡女，揉太阳穴？杨明明白了，她躺下不是逐客，而是要纳客。杨明坐在床沿上，轻轻地揉捏齐女人的太阳穴，心早已飞出魂魄，在四野乱舞。

杨明说："大——妈，这样被人看到不大好吧，我去把门关上。"

齐女人说："别叫我大妈，叫大姐就行了。门不用关，这里天一黑，鬼都没有一个。"

杨明得到暗示后，手颇为大胆，一而再，再而三把手离开太阳穴，在眼睑、脸颊、耳垂、嘴唇和颈脖上游弋，像一个四周逡巡的小偷，伺机下手。

齐女人说："明明，这样不大好吧！"

杨明全然没理会，把热唇送下去，半途，齐女人的双唇迎了上来，紧紧地吻在一起。杨明想起黄桂蓉，她和九万在树林里接吻的时候，和齐女人现在这个动作极为酷似，像同一个版本的两本相同的书。

两人呼吸急促，好似两台鼓风机高速运转。

杨明想起九万在河畔的高超手法，也从裙下动手，却是不得要领，半天解不出个所以然来。

齐女人轻柔地骂道："有毛病啊！"

杨明一惊，不知所措。

齐女人笑了，说："傻蛋，怪不得我女儿不喜欢你。笨！"

齐女人自顾自地解脱一番，瞬间变成耀眼的一团白，毫无保留地呈现在杨明面前。杨明完全傻呆了，只是顺着一双看不见的手的牵引，一路跌跌撞撞乱走。

杨明完整地把齐女人抱住的时候，没有想到黄桂蓉、九万和铁蛋，只想起那满河的死鱼。他觉得自己搂着一条硕大的鱼，而也许是由于自己搂抱的缘故吧，这条死鱼就活过来了，还不停地扭动呢。

他仿佛跌进一个不知名的潮湿而温暖的黑洞，人像云一样在洞里幸福地飞来飞去……

7

　　杨明回到大桥下面，铁蛋已鼾声如雷。

　　他悄悄地爬上硬硬的木床板，静静地躺下，觉得这木板比齐女人的席梦思硬多了，硌骨头呢。一股浓浓的腥臭味扑面而来，杨明已全然不顾，倒头睡去。

　　天明，杨明看见河里漂满了大大小小的死鱼。尽管市政府正着手清洗这条臭河，鱼要死还是死了。只是铁蛋没有为再度发生的死鱼事件而欢呼。难道他还没看见吗？还是别的什么原因？

　　面对一河死鱼，杨明又一次泪流满面。

　　他说："我堕落了！"

（2002 年）

后 记

　　这是我的第二部中短篇小说集，收录了自 2002 年至 2018 年间，写的中短篇小说 8 部，与前一部中短篇小说集《空山游鱼》篇目基本不重复。

　　时间跨越了两个世纪，有些人，有的事，现在读来仿如隔世。

　　写小说，对我来说，像是 19 岁那年出了一次水痘，直到现在，还没出完，一直是我心头痛，让我不敢停下笔头。若不写下去，这水痘估计没完没了，伴我一世了。

　　等有一天，写了一部自己满意的小说，水痘才算出完。

　　1994 年盛夏，高考一结束，趴在故乡老屋西窗下，写出第一个小说《诱惑》，简单的几个人，了了几件事，是高三原生态生活的文字版，多少思念和怅然、欢笑与泪水、期待和迷惑，尽在其中。

　　像是打开了潘多拉魔盒，我一头栽进了小说世界，涂写自己意念中的那个神奇国度。

　　写来写去终成空，深锁柜中无人识。

　　3 年后，小说《六月天》问世，改变了关起门来自娱自乐的孤绝状态，我不再孤芳自赏，而是让文字的馨香，传播得更远。2002 年，正因此作，从著名作家毕淑敏老师手上领回“武夷山杯”全国农村青年文学大奖赛小说组二等奖证书。

这是写作生涯的一个惊叹号，也是一个看似句号的逗号。

从那时起，小说被束之高阁，不再写了，转而去写些容易发表的千字小文，只为能拥有实在而稳定的收益，哪怕微小到别人可以忽略不计的程度。

人穷如落难，哪怕有一分钱进账，也是好的。俗人一个，没有办法。我手写我心，心里怎么想，笔头自然紧随其后。

2006 年，本想重新捡起来小说，于是，兴冲冲地写了一个《延春堂》的开头，一搁多年，直到 2010 年，才算勉强凑齐了 3 万多字，草草收了尾。又过 5 年，这个中篇被一家公司制作成电子书，公开出售，成了我首部电子书。

——遗憾的是，时至今日，一毛钱也没有进账。

直到今年，《里洲 1 号店》在韩寒监制的 ONE 上线，小说才开始真正地挣到了钱。值得一提的是，去年《子墨塔》在《厦门文学》杂志通过一审二审，但结局是，倒在终审那一关上，这是最接近纯文学刊物的一次。让我觉得文学之路，微光出现，星夜是不是不再黯淡？

除去千字左右的小小说，这 25 年来，写出来的中短篇小说近百万字。而今，去芜存菁、集腋成裘，辑录成这本全新的集子，奉献给诸位读者。

你是我的上帝，愿你岁月静好，雨夕灯前，翻开我的小说集，省察一段不一样的人生。

感谢好友凌翔辛苦张罗，感谢所有为本书出版上市付出智慧和汗水的朋友们，感谢每一个捧读这本小册子的您，感谢所有支持我写作的亲人、朋友，愿你们——

吉祥如意，幸福安康。

陈志宏

2019 年 10 月 2 日于南昌抚河畔